GALO DA MADRUGADA
30 ANOS DE MUDANÇAS NO CLUBE E NO FREVO PERNAMBUCANO

Editora Appris Ltda.
1.ª Edição - Copyright© 2024 dos autores
Direitos de Edição Reservados à Editora Appris Ltda.

Nenhuma parte desta obra poderá ser utilizada indevidamente, sem estar de acordo com a Lei nº 9.610/98. Se incorreções forem encontradas, serão de exclusiva responsabilidade de seus organizadores. Foi realizado o Depósito Legal na Fundação Biblioteca Nacional, de acordo com as Leis nºs 10.994, de 14/12/2004, e 12.192, de 14/01/2010.

Catalogação na Fonte
Elaborado por: Josefina A. S. Guedes
Bibliotecária CRB 9/870

A553g 2024	Andrade, Cisneiro Soares de Galo da Madrugada: 30 anos de mudanças no clube e no frevo pernambucano / Cisneiro Soares de Andrade. – 1. ed. – Curitiba: Appris, 2024. 122 p. : il. color. ; 23 cm. (Ciências da Comunicação). Inclui referências. ISBN 978-65-250-5634-0 1. Carnaval. 2. Música. 3. Frevo. I. Título. CDD – 394.25

Livro de acordo com a normalização técnica da ABNT

Appris *editora*

Editora e Livraria Appris Ltda.
Av. Manoel Ribas, 2265 – Mercês
Curitiba/PR – CEP: 80810-002
Tel. (41) 3156 - 4731
www.editoraappris.com.br

Printed in Brazil
Impresso no Brasil

Cisneiro Soares de Andrade

GALO DA MADRUGADA

30 ANOS DE MUDANÇAS NO CLUBE E NO FREVO PERNAMBUCANO

Appris *editora*

Curitiba, BR

2024

FICHA TÉCNICA

EDITORIAL
Augusto Coelho
Sara C. de Andrade Coelho

COMITÊ EDITORIAL
Ana El Achkar (Universo/RJ)
Andréa Barbosa Gouveia (UFPR)
Antonio Evangelista de Souza Netto (PUC-SP)
Belinda Cunha (UFPB)
Délton Winter de Carvalho (FMP)
Edson da Silva (UFVJM)
Eliete Correia dos Santos (UEPB)
Erineu Foerste (UFES)
Erineu Foerste (Ufes)
Fabiano Santos (UERJ-IESP)
Francinete Fernandes de Sousa (UEPB)
Francisco Carlos Duarte (PUCPR)
Francisco de Assis (Fiam-Faam-SP-Brasil)
Gláucia Figueiredo (UNIPAMPA/ UDELAR)
Jacques de Lima Ferreira (UNOESC)
Jean Carlos Gonçalves (UFPR)
José Wálter Nunes (UnB)
Junia de Vilhena (PUC-RIO)
Lucas Mesquita (UNILA)
Márcia Gonçalves (Unitau)
Maria Aparecida Barbosa (USP)
Maria Margarida de Andrade (Umack)
Marilda A. Behrens (PUCPR)
Marília Andrade Torales Campos (UFPR)
Marli Caetano
Patrícia L. Torres (PUCPR)
Paula Costa Mosca Macedo (UNIFESP)
Ramon Blanco (UNILA)
Roberta Ecleide Kelly (NEPE)
Roque Ismael da Costa Güllich (UFFS)
Sergio Gomes (UFRJ)
Tiago Gagliano Pinto Alberto (PUCPR)
Toni Reis (UP)
Valdomiro de Oliveira (UFPR)

SUPERVISOR DA PRODUÇÃO
Renata Cristina Lopes Miccelli

REVISÃO
Camila Dias Manoel

DIAGRAMAÇÃO
Andrezza Libel

CAPA
Mariana Britto

COMITÊ CIENTÍFICO DA COLEÇÃO CIÊNCIAS DA COMUNICAÇÃO

DIREÇÃO CIENTÍFICA
Francisco de Assis (Fiam-Faam-SP-Brasil)

CONSULTORES

Ana Carolina Rocha Pessôa Temer (UFG-GO-Brasil)
Antonio Hohlfeldt (PUCRS-RS-Brasil)
Carlos Alberto Messeder Pereira (UFRJ-RJ-Brasil)
Cicilia M. Krohling Peruzzo (Umesp-SP-Brasil)
Janine Marques Passini Lucht (ESPM-RS-Brasil)
Jorge A. González (CEIICH-Unam-México)
Jorge Kanehide Ijuim (Ufsc-SC-Brasil)
José Marques de Melo (*In Memoriam*)
Juçara Brittes (Ufop-MG-Brasil)
Isabel Ferin Cunha (UC-Portugal)
Márcio Fernandes (Unicentro-PR-Brasil)
Maria Aparecida Baccega (ESPM-SP-Brasil)

Maria Ataíde Malcher (UFPA-PA-Brasil)
Maria Berenice Machado (UFRGS-RS-Brasil)
Maria das Graças Targino (UFPI-PI-Brasil)
Maria Elisabete Antonioli (ESPM-SP-Brasil)
Marialva Carlos Barbosa (UFRJ-RJ-Brasil)
Osvando J. de Morais (Unesp-SP-Brasil)
Pierre Leroux (Iscea-UCO-França)
Rosa Maria Dalla Costa (UFPR-PR-Brasil)
Sandra Reimão (USP-SP-Brasil)
Sérgio Mattos (UFRB-BA-Brasil)
Thomas Tufte (RUC-Dinamarca)
Zélia Leal Adghirni (UnB-DF-Brasil)

Dedico este trabalho ao frevo pernambucano.

AGRADECIMENTOS

Quero agradecer aos professores do Programa de Pós-Graduação em Música da Universidade Federal da Paraíba (UFPB).

À minha família, em especial à minha esposa, Andréa Cysneiros, e ao meu filho, Rodrigo Cysneiros de Andrade, pela compreensão nos momentos de ausência para a finalização deste livro.

Ao maestro Nenéu Liberalquino, pela contribuição no material para a pesquisa histórica e cultural.

À minha orientadora, Dr.ª Eurides Santos, pela paciência, pelas orientações e pela disposição em compartilhar este trabalho.

À minha irmã, Dr.ª Cacilda Andrade, pela sua disposição em me orientar na formatação deste trabalho, com valiosas discussões e contribuições.

Faço um agradecimento especial a Enéas Freire (*in memoriam*), pela oportunidade única de participar dos primeiros desfiles do Clube das Máscaras Galo da Madrugada.

À Fundação Joaquim Nabuco (FUNDAJ), na pessoa de Flávio Cireno, por sua valiosa atenção no fornecimento de documentos essenciais para elaboração deste trabalho.

Agradeço ainda ao Renato Phaelante a especial atenção com que fui recebido, quando estive na FUNDAJ, bem como as informações e o valioso material de pesquisa por ele fornecido.

A TV Universitária de Pernambuco, TV Jornal do Commercio e TV Globo, pela cessão de imagens dos Carnavais nos 30 anos do Galo da Madrugada.

A vibração paroxística do frevo é realmente uma coisa assombrosa.
É, enfim, um verdadeiro allegro num presto nacional.

(Mário de Andrade)

PREFÁCIO

Abre alas à folia... Vai chegando o Galo da Madrugada!

Há vários anos como docente da Universidade Federal da Paraíba (UFPB), tive a chance de ver e de ouvir muitos dos seus célebres artistas, particularmente, os da música, sobretudo quando da criação da Orquestra Sinfônica da UFPB, a OSUFPB, que vem brindando a comunidade com suas frequentes apresentações. Para além da Orquestra, parte de seus integrantes também são docentes e exercem muitas outras atividades – participam de festivais, de grupos musicais, entre outros. Como excelentes artistas, trazem uma alma inquieta e, nessa inquietude, espalham prazeres mediados por sons e ritmos.

Como forma de alimentar a alma, passei a assistir às apresentações da Orquestra Sinfônica da UFPB e os Festivais Internacional de Música de Câmara, promovido pelo Programa de Pós-Graduação em Música da mesma universidade. Devido a essa relação cada vez mais amistosa, passei a perceber o que, às vezes, meus olhos, ainda de aprendentes, não conseguiam alcançar. Foi durante o II Festival de que participei ativamente, na condição de intérprete da palavra poética, que, em uma dessas noites, ao ouvir Quintetos de Mozart e Beethoven, para pianos e sopros, tomei-me de encanto por um instrumento peculiar – a trompa – na ocasião, tocada pelas mãos mágicas de Cisneiro Soares de Andrade, um pernambucano arretado radicado na Paraíba, dedicado à arte musical e professor como eu.

Foi uma descoberta que me encorajou a ler um pouco sobre esse instrumento de bocal, metálico e curvo, muito adotado em orquestras sinfônicas. Parece que algo nos aproximou. Há pouco mais de uma semana, deparei-me, mais uma vez, com o professor Cisneiro executando sua arte, dessa vez, bem próximo da plateia, em cuja primeira fila eu estava sentada. Assim, pude me aproximar bem mais do instrumento e do artista. Depois da apresentação, o papo aprofundou-se e chegamos à temática que nos move – a memória.

Assentada na memória, traço o percurso do autor e de sua obra, fruto de sua dissertação de mestrado defendida no Programa de Pós-Graduação em Música da UFPB. Trata-se de uma obra pautada na trajetória histórico-musical de três décadas do Clube do Galo da Madrugada, considerado, em 1994, o maior bloco carnavalesco de rua pelo Guiness Book. Essa foi uma razão imperativa para estreitar os laços de interesse pelo tempo passado, num e vir como fios que se entrelaçam sem se partir numa espécie de *continuum*. São fios que tecem a memória coletiva, "memória vegetal e inconclusa/ murmura um segredo/ que mal ouvimos e nunca esquecemos/ E repetimos, incansáveis, nossa fome de tê-la"[1].

Nesse tear, vimos as notas que se materializam nas partituras. Ao serem executadas, ritmos e sons se proliferaram, por exemplo, os ritmos presentes no carnaval de Recife, mais especificamente, em relação à "concepção de mudança musical como fator integrante dos sistemas", ou seja, o frevo e suas influências histórico-culturais e tecnológicas, o frevo e o rádio, o frevo e a televisão, o frevo e o disco, além de suas categorias, como o frevo de rua, o frevo-canção, o frevo de bloco, o frevo eletrizado, o frevo-dança. Nesses ritmos, o autor passeia pelas ruas e pelos costumes do bairro São José, em Recife, e se depara vividamente com o galo gigante de Recife/PE:

> O Galo também é de briga
> As esporas afiadas e a crista é coral
> E o Galo da Madrugada
> Já está na rua saudando o Carnaval.

Lá o autor desnudou seus idealizadores, seu primeiro estandarte e chega à Avenida Guararapes, apoteose de sons e ritmos, de calor humano, de passistas e foliões. A Orquestra do Maestro Spok e seu repertório, no qual vai deixando que apareçam, enfaticamente, os aspectos rítmicos, melódicos e estruturais, num misto de frevioca e de trios elétricos. Nesse estrondo de sons, deixa-se encantar por outras vozes que, paulatinamente, vão registrando, oralmente, suas impressões, a ponto de afirmar: *"Numa orquestra de frevos sem metais e percussão, não há desfile"* (M1), associado, ainda, ao que afirmou outro depoente: *"Os músicos são a marca do frevo, onde existe um diálogo entre metais e palhetas. Os trompetes e os trombones se sobressaem"* (M7).

Ao percorrer o itinerário de três décadas pelas ruas do bairro São José, dando passagem ao Galo da Madrugada, seus músicos e foliões, por meio da pesquisa etnomusicológica, capaz de perceber as nuances de alterações, modificações e inovações técnicas no frevo e suas apresentações, como afirma Cisneiro Andrade, "As inovações técnicas vieram contribuir no sentido de se poupar mais os músicos em relação ao aumento do trajeto e aos foliões

---

[1] LIMA, Samarone. A Rosa da Memória. *In:* LIMA, Samarone. **O aquário desenterrado**. Rio de Janeiro: Confraria do Vento, 2015.

com a ampliação da sonoridade, fazendo com que o frevo seja ouvido sem mais esforços por parte dos instrumentistas". Assim, possibilita atrair novos foliões, abrindo alas para o Galo passar, como sugeriu Alceu Valença:

> Ei, pessoal! Vem moçada!
> Carnaval começa no Galo da Madrugada.
> Ei, pessoal! Vem moçada!
> Carnaval começa no Galo da Madrugada.

Com sua grandeza, a obra intitulada *Galo da Madrugada: 30 anos de mudanças no clube e no frevo pernambucano* traz, para além dos registros da oralidade dos depoentes, os ritmos, as fotografias e os espaços urbanos com a liberdade dos passos, livres feito pássaros em voos. Como nos aconselhou o poeta Thiago de Mello:

> Quero dizer teu nome, Liberdade,
> Quero aprender teu nome novamente
>
> Deixa eu dizer teu nome, Liberdade,
> irmã do povo, noiva dos rebeldes,
> Companheira dos homens, Liberdade
>
> Deixa eu cantar teu nome, Liberdade,
> que estou cantando em nome do povo.

Que os(as) leitores(as) desta obra, agora vinda a público, possam exercer a mesma liberdade dos meus olhos de leitora, dos olhos do pesquisador e da sensibilidade da arte.

Capital da Paraíba, março, verão de 2020.

Prof.ª Bernardina Maria Juvenal Freire de Oliveira
Vice-reitora da UFPB.

SUMÁRIO

1

INTRODUÇÃO 17

1.1 Relembrando 17

1.2 Apresentação...19

2

UM ESTUDO DA MUDANÇA MUSICAL À LUZ DAS ABORDAGENS
ETNOMUSICOLÓGICAS...21

2.1 Considerações iniciais.......................................21

2.2 O Carnaval recifense 24

2.3 Frevo pernambucano: aspectos históricos......................26

2.4 As bandas de música e os praticantes "capoeiras"..............28

2.5 Influências...30

    2.5.1 A "modinha"..30

    2.5.2 O "dobrado" 31

    2.5.3 A "quadrilha" 32

    2.5.4 O "maxixe" 33

    2.5.5 A "polca" 34

3

ANÁLISE DAS CARACTERÍSTICAS MUSICAIS...........................45

3.1 Considerações iniciais.......................................45

3.2 A morfologia do frevo 46

3.3 O frevo na mídia 50

    3.3.1 O frevo e a imprensa 50

    3.3.2 O frevo e o rádio 51

    3.3.3 O frevo e a televisão 53

    3.3.4 O frevo e o disco 53

3.4 Categorias de frevo...56

    3.4.1 Frevo de rua.......................................56

    3.4.2 Frevo-canção......................................64

    3.4.3 Frevo de bloco.....................................66

    3.4.4 Frevo eletrizado....................................70

    3.4.5 Frevo-dança.......................................71

4

O CLUBE DAS MÁSCARAS GALO DA MADRUGADA 75

4.1 Considerações iniciais..75

4.2 História cultural do bairro de São José 76

    4.2.1 Passeando pelo bairro de São José...78

    4.2.2 O bairro de São José nos dias de hoje..84

4.3 Cronologia dos desfiles do Galo da Madrugada 91

4.4 Orquestra e repertório 98

    4.4.1 A Frevioca e os trios no Galo da Madrugada 105

    4.4.2 O desempenho da orquestra nos trios....................................106

5

CONSIDERAÇÕES FINAIS..117

REFERÊNCIAS...119

1

INTRODUÇÃO

1.1 Relembrando

Carnaval do Recife, fim dos anos 70 do século XX. Era um período dos mais aguardados na vida dos instrumentistas componentes de uma orquestra de frevos, e eu tive a oportunidade de participar dos primeiros desfiles do Clube das Máscaras Galo da Madrugada, que nasceu no bairro de São José, em 24 de fevereiro de 1978, plena terça-feira de Carnaval, quando alguns de seus moradores se reuniram para fundar o clube e abrir o desfile do Carnaval de rua do Recife. Durante todos os anos em que participei do Galo, toquei na Orquestra Pernambucana de Frevos do maestro José Gomes de Moraes, mais conhecido por "Zé da gaita", saxofonista da Banda da Cidade do Recife.

Um dia antes do desfile, a nossa maratona tinha o seu início nas prévias carnavalescas. Na sexta-feira que antecedia à abertura oficial do Carnaval, sempre tocávamos o baile no Olinda Praia Clube, como já diz o nome, situado na cidade de Olinda, a 6 km de Recife. De lá, íamos para a concentração do Galo, já na madrugada do sábado de zé-pereira[2], por volta das 5 h, para tomar o café tradicional com os componentes do clube e sua diretoria.

Na concentração, podia observar o ritual de preparação do folião[3] pernambucano, pois estava participando do segundo desfile de um clube

---

[2] "No sábado de carnaval, sai o zé-pereira, tendo como máscara uma cabeça maior do que o tamanho normal, seguido de foliões que, com muita alegria, cantam: - "Viva o zé-pereira! / Que a ninguém faz mal! / Viva o zé-pereira! / No dia do carnaval!". O zé-pereira é de origem portuguesa e, em Portugal, ele aparece não somente no carnaval como também nas festas locais e romarias. No Brasil, o zé-pereira só aparece no Sábado de carnaval e a letra da música é brasileira. Origens brasileiras: Zé Pereira é apelido dado ao português José Nogueira de Azevedo Paredes, sapateiro no Rio de Janeiro. Na segunda-feira do carnaval de 1846, José Nogueira juntou os amigos e realizou uma barulhenta passeata pela Rua São José. Acontece que os participantes trocaram o nome do português José Nogueira por José Pereira, daí a denominação Zé Pereira" (ZÉ-PEREIRA. *In:* SOUTO MAIOR, Mário; LÓSSIO, Rúbia. **Dicionário de folclore para estudantes**. Recife: Fundação Joaquim Nabuco, 2004. s/p).

[3] "**folião** *Datação* 1566 [...]
[...] que ou aquele que participa de folias
[...] que ou aquele que é alegre, divertido; pândego, histrião
[...] integrante de blocos carnavalescos
[...] que ou aquele que brinca no carnaval
[...] que ou aquele que gosta de bailes, festas, pândegas etc." (Folião, 2009).

17

carnavalesco que já nascera estruturado. Pude constatar que era na rua que estava a origem do Carnaval profundo — afinal, como diz Jabor (1998), "[No Carnaval], só os sujos são santos".

Minha expectativa era enorme, já que, como componente de um clube de Carnaval ainda em fase de solidificação dentro do calendário de festividades da cidade do frevo, a exigência era certa, mas comum aos músicos de orquestra. Naquele momento, minha responsabilidade já estava sendo colocada à prova, numa mistura de empolgação e tensão diante do que estava por vir. Mas uma coisa que me deixou confiante foi o apoio dos colegas mais experientes, que já tinham passado por muitos Carnavais pelas ruas do Recife. Anos mais tarde, o Galo transformar-se-ia no maior clube de Carnaval do mundo.

Lembro-me também de que os foliões daquela época pareciam ter uma participação bem mais próxima do clube e de seus músicos, talvez porque o Carnaval de rua era literalmente "na rua", e não nos trios elétricos, como acontece hoje. Percorríamos as estreitas ruas do bairro São José, onde o povo se espremia pelas calçadas e pelos becos. O folião demonstrava o máximo cuidado para com a orquestra, que não podia parar em momento algum.

Os dançarinos, ou melhor, os passistas, exibiam com destreza seus passos diante da multidão. Esta formava um cordão humano bem a nossa frente, com o intuito de manter sob controle os foliões mais exaltados. Em determinados momentos, impulsionados pelo ritmo do frevo, vinham na direção da orquestra em rota de colisão! Percalços inevitáveis que fazem parte do delírio momesco e compreensível, por se tratar de um costume herdado desde o tempo dos capoeiristas, que saíam à frente, gingando, piruetando e abrindo passagem.

Caminhávamos para o fim do desfile na tradicional pracinha do Diário de Pernambuco, onde já aguardavam no palanque o rei e a rainha da festa, abrindo oficialmente o Carnaval de Pernambuco.

Após o hino do Galo, a orquestra tocava o frevo de "Vassourinhas", provocando uma apoteose de alegria e exaltação.

Atravessava as ruas da cidade na companhia de anjos de cara suja, pierrôs e colombinas, palhaços e mascarados. Uma alegria febril que só quem pôde testemunhá-la compreende essa manifestação, que oficialmente registra mais de cem anos de existência: o frevo pernambucano.

Ao término do desfile, cada músico seguia seu respectivo itinerário para uma breve pausa de descanso, pois a folia dos três dias tinha apenas iniciado. Estávamos na plenitude do sábado de zé-pereira, tocando o hino do Galo da Madrugada para acordar o povo!

Ei, pessoal, vem moçada
Carnaval começa no Galo da Madrugada. [bis].[4]

1.2 Apresentação

As mudanças musicais observadas nos primeiros 30 anos de vida do Galo da Madrugada, da forma como aconteceram, provocaram em mim a inquietação do seguinte questionamento: **Quais os fatores responsáveis pelas adaptações sonoras na orquestra de frevos?**

Quero compreender o processo de adaptação da sonoridade da orquestra de frevos do Galo da Madrugada com base no levantamento dos principais fatores que levaram às mudanças ocorridas na sonoridade da orquestra a partir do fim dos anos 1970; descrever suas inovações técnicas e os novos acessórios utilizados pelos músicos do naipe dos metais; identificar os aspectos socioculturais da orquestra de frevos; analisar as relações da orquestra com o folião durante o Carnaval; e verificar as principais características estéticas da música do Galo da Madrugada.

Assim, a principal justificativa deste estudo é a compreensão desse apontado processo de inovação, assim como contribuir com intérpretes, responsáveis pela manutenção e demais interessados na qualidade de uma orquestra que enfrenta uma realidade totalmente diferente de sua origem, na época dos clubes pedestres, ou seja, dos clubes de rua. Essa compreensão é necessária, porque as mudanças que ocorrem em função das inovações tecnológicas favorecem a continuidade e preservação do patrimônio cultural tão discutido e pesquisado na etnomusicologia.

Para a consecução dos objetivos aqui propostos, este estudo se caracteriza pela aplicação da pesquisa exploratória. Já a metodologia foi modelada dentro do universo da pesquisa de campo constituído pelos músicos e compositores de frevos participantes dessa manifestação cultural e dividida em etapas para posterior organização e análise dos dados, compreendendo:

a. Pesquisa bibliográfica: abordando estudos relacionados com o Clube das Máscaras Galo da Madrugada, a etnomusicologia e as demais obras que tenham relação com o foco deste estudo;

b. Pesquisa documental: em fundações de cultura, acervos de prefeituras, bibliotecas, internet;

---

[4] Composição encomendada a José Mário Chaves, em 1979 (N. do E.).

c. Pesquisa de campo: por meio de aplicação de questionário com músicos integrantes do naipe de metais e entrevista com regentes, arranjadores e compositores de frevo, buscando revelar as características históricas e as inovações percebidas pela manifestação ao longo do tempo. As gravações das entrevistas ocorreram na sede da Ordem dos Músicos, seção Pernambuco, no Teatro do Parque, e com a utilização de um equipamento MP4 Record Power Pack, uso de software Free Sound Record v.5.9, com microfone Microsoft Lifecam VX-1000 acoplado a um laptop Toshiba Satellite A-135;

d. Coleta de fotografias históricas e imagens das apresentações registrando instrumentos, percurso do desfile e roteiro deste para realizar análises pertinentes ao objeto de estudo e ilustração do trabalho.

Assim, passada esta introdução, o segundo capítulo descreve a fundamentação teórica do trabalho, as influências sofridas pelo frevo e as mudanças culturais e históricas. O terceiro, a morfologia do frevo, os meios de divulgação e as categorias de frevo conhecidas na literatura, ainda com uma análise das características musicais do frevo. Já o capítulo 4 traz a descrição histórica e cultural do bairro de São José, berço do frevo pernambucano, bem como a discussão acerca das inovações musicais inseridas por meio dos trios elétricos. Por fim, na conclusão constam algumas sugestões para trabalhos futuros.

2

UM ESTUDO DA MUDANÇA MUSICAL À LUZ DAS ABORDAGENS ETNOMUSICOLÓGICAS

2.1 Considerações iniciais

Neste capítulo apresento ao leitor algumas discussões sobre as mudanças musicais do ponto de vista da etnomusicologia, enfocando as inovações na orquestra de frevos do Galo da Madrugada e os elementos formadores do seu repertório.

Não pretende, contudo, esgotar o assunto, pois, como afirma Nettl (2006), as culturas dinâmicas pensam de modo diferente sobre a mudança musical.

Sob esse aspecto, o autor pesquisou e comparou a mudança musical em quatro culturas, discutindo tais mudanças com base na visão de etnomusicólogos[5]. Destaca que, "Na primeira metade do século XX, o conceito de mudança teve no máximo um papel negativo para a Etnomusicologia", quando se entendia que "o estado normal da música não-ocidental era estático, sendo que a mudança era equacionada a deteriorização" (Nettl, 2006, p. 13).

O resultado dessa postura "foi negligenciar um amplo setor da música do mundo, percebida pelo senso comum como em estado de mudança" (Nettl, 2006, p. 13).

Nesse contexto, insere-se a música popular urbana, que só passaria a ser considerada amplamente como foco de estudos a partir dos anos 80 do século passado.

A ideia de cultura sob a premissa da estabilidade e da continuidade e que propiciava o olhar sobre as mudanças como casos excepcionais estava relacionada ao conceito dessa etnomusicologia inicial, quando definida pelo seu objeto de estudo, ou seja, "as músicas de tradição oral de sociedades não-ocidentais e as chamadas músicas folclóricas" (Béhague, 2005, p. 44).

---

[5] Erich Maria von Hornbostel, George Herzog, Alan Lomax, Alan Merriam, John Blacking, entre outros.

A pesquisa etnomusicológica, por essa perspectiva, mantinha certa proximidade com os estudos folclóricos, no sentido de conceber a estabilidade e a continuidade como uma condição "normal" das tradições culturais, enquanto o pesquisador, nos dois contextos, ocupava o papel de preservador, diante das supostas ameaças de extinção.

Para Nettl (2006, p. 15), o estudo das tradições musicais, na concepção de expressões estáticas, colocava a etnomusicologia em oposição à musicologia histórica, uma vez que esta última via "com pouco interesse períodos, locais ou compositores, em cujas músicas predomina a continuidade". Essa oposição, que dividia os estudos musicais em abordagens sincrônicas e diacrônicas, respectivamente, passa a ser corrigida pela concepção do campo de estudo da etnomusicologia com base não mais no objeto, mas nos processos e fazeres musicais dos diferentes grupos sociais, incluindo, portanto, a academia de música erudita europeia.

Essa significativa mudança de conceito na área traz os estudos sobre as mudanças musicais para o centro das discussões, transformando-as num dos principais tópicos da etnomusicologia nestas últimas décadas, quando se discutem questões tais como: "o que muda (ou é mudado)? Como abordar os vários tipos de mudança? O que faz com que as pessoas mudem (ou não) sua música? Como a mudança musical se relaciona com a mudança cultural?" (Nettl, 2006, p. 14), entre outras abordagens.

Fato é que, segue Nettl (2006), desde 1970 houve interesse pela mudança resultante do contato cultural, quando vários estudiosos sugeriram tipologias da mudança, a exemplo de John Blacking, que

> [...] propôs uma distinção entre as variações aceitáveis *dentro* de um sistema musical, mudanças *do* sistema de música, e a adoção de um novo sistema musical por uma sociedade, relacionando todas estas possibilidades às "variações dos padrões de interação dos usuários da música, refletidas em processos e produtos musicais". (Blacking, 2005 *apud* Nettl, 2006, p. 16).

Por sua vez, o estudo de Margareth Kartomi (1981 *apud* Nettl, 2006, p. 16) indica como as sociedades mudaram sua música em resposta às transformações culturais. Com esses exemplos, Nettl desenvolve o conceito que chamou de *energia musical* para indicar

> [...] uma constante dentro da qual, mudanças e continuidades de estilo, repertório, tecnologia e aspectos dos componentes sociais da música são manipuladas por uma sociedade, a fim de acomodar as necessidades tanto de mudança quanto de continuidade. (Nettl, 2006, p. 16).

O estudo proposto por John Blacking buscava compreender melhor as diferentes formas de mudança que ocorrem num sistema musical, reforçando a necessidade de desenvolver estudos que distinguissem mudança musical de variações e inovações. Segundo o autor, nem toda mudança musical é realmente mudança, nem realmente musical. Sendo assim, "o estudo da mudança musical deve ser concebido pelas significantes inovações ocorridas no som musical, considerando-se que, inovações no som não são necessariamente evidência de mudança musical" (Nettl, 1995, p. 150, tradução nossa).

Blacking parte da compreensão de que muitos processos de transformação musical envolvendo variações e inovações são próprios da dinâmica dos sistemas musicais, não configurando, portanto, mudança. Além disso, enfatiza que as transformações podem estar mais relacionadas a mudanças sociais e/ou culturais do que exatamente a fatores musicais.

Por sua vez, Alan Merriam (1964, p. 303, tradução nossa), a fim de compreender as relações entre mudança cultural e mudança musical, foi categórico em afirmar que "não importa de que lugar olhamos, mudança é uma constante na experiência humana"[6]. Para Merriam, a mudança pode ter origem interna, ou seja, de dentro da cultura, caracterizando-se como "inovação", e pode se originar de fatores externos, e neste caso estaria associada a processos de aculturação. No entanto,

> Os fatores culturais internos deixaram de ser objeto de pesquisas etnomusicológicas sérias, uma vez, que se acreditava, deveriam incluir a aceitação de algum tipo de inevitabilidade evolucionista [...] ou a referência a decisões de indivíduos, a conceitos como talento e gênio, dificilmente relacionáveis à noção predominante de cultura como propriedade de toda uma sociedade. (Merriam, 1974 *apud* Nettl, 2006, p. 15-16).

Nesse sentido, vale destacar tanto a contribuição de Merriam nos estudos que focam a relação música e cultura quanto a importância do indivíduo para o processo da inovação.

> "A mudança cultural", diz Murdock, "começa com o processo de *inovação*", no qual um indivíduo cria um hábito que, subsequentemente, será aprendido por outros membros de sua sociedade. Tipos de inovação incluem variação, invenção, tentativa e empréstimos culturais. (Murdock, 1956 *apud* Merriam, 1964, p. 303, tradução nossa).[7]

---

[6] "No matter where we look, change is a constant in human experience".

[7] "Culture change [...] begins with the process of innovation, in which an individual forms a new habit which is subsequently learned by other members of his society. Types of innovation include variation, invention, tentation, and cultural borrowing".

Ainda no que respeita à contribuição do indivíduo na dinâmica dos sistemas musicais, Blacking reforça o pensamento de Merriam citando que "qualquer indivíduo é uma fonte potencial de mudança" (Martindale, 1962, p. 2 *apud* Blacking, 1995, p. 158, tradução nossa)[8]. Sendo assim, a mudança musical não seria resultante simplesmente do "contato entre pessoas e culturas" ou do movimento de populações, mas de decisões tomadas por indivíduos com base em suas experiências e atitudes relacionadas à música, nos seus diversos contextos.

Tomando como fundamento as ideias discutidas anteriormente, o estudo aqui proposto parte da concepção de que as inovações ocorridas na orquestra de frevo do Clube das Máscaras Galo da Madrugada, não caracterizadas como mudanças no sentido radical[9], decorreram de aspectos peculiares aos processos musicais que as envolvem, incluindo a dinâmica própria do repertório, ao contexto histórico-social do Carnaval de Recife e suas demandas, e às decisões tomadas regularmente pelo conjunto de participantes.

2.2 O Carnaval recifense

No contexto histórico-social do Carnaval recifense, destaca-se o crescimento gradativo do número de brincantes acompanhando o clube e a consequente necessidade de ampliação dos recursos humanos e tecnológicos que vão resultar na ampliação das sonoridades. Da mesma forma, as mudanças no percurso, quando o clube sai das ruas antigas e estreitas para uma área mais moderna da cidade, vão gerar um novo sentido espaço temporal para os participantes e para a orquestra, que passa a tocar em cima dos trios. Nesse sentido, os recursos da tecnologia do som, incluindo aqui a decisão pela apropriação dos trios, o uso de novos acessórios musicais com maiores recursos de performance (detalhado no capítulo 4), a renovação no repertório, entre outros fatores, garante as inovações e a manutenção do clube.

Ainda no âmbito musical, pode-se afirmar que a estabilidade e continuidade do frevo como música essencial do clube do Galo da Madrugada têm sido mantidas, entre outros fatores, pelas possibilidades de variações, que se caracterizam como uma constante no gênero, a exemplo do frevo de bloco, canção, de rua, coqueiro etc., (destacados no capítulo 3), além das práticas de improvisação peculiares aos executantes desse repertório.

---

[8] "Any individual is a potential source of change".

[9] Vide Merriam (1964) e Nettl (2006). O autor baseia-se também nos estudos de Blacking para construir sua narrativa doravante. Vide seção "Referências" (N. do E.).

Portanto, estão na essência do frevo as recriações e invenções, que regularmente acrescentam novas performances à sua dinâmica. Para Nettl,

> [...] todo sistema musical tem um potencial de mudança que constitui um dos seus elementos centrais, uma vez que esse potencial de mudança ocupa a função de mantenedor do sistema, impedindo que ele se torne um museu artificialmente preservado. (Nettl, 1983 p. 177, tradução nossa).

Partindo da concepção de mudança musical como fator integrante dos sistemas, essa visão se amplia ao contexto em estudo, ou seja, o Carnaval recifense, onde as inovações nos seus diversos aspectos dialogam com o sentido de tradição por meio da performance. Por essa perspectiva, o potencial de mudança está na base do Carnaval enquanto carnavalização ou quebra de paradigmas, no sentido descrito por Souza citando Bakhtin, quando afirma que a função do carnaval é "rebaixar e democratizar a linguagem e os rituais hierárquicos, solapando qualquer cerimonial que os consagre". Ainda referindo-se a Bakhtin, o autor ressalta que o carnaval "acentua o caráter blasfemo, corrosivo da cultura popular, expresso na carnavalização da cultura, na negação de qualquer ordem superior à verdade dita pelo povo e pela festa" (Souza, 2005, p. 103)[10].

Souza explica que tal afirmativa se prende às questões de limites na hierarquia que compõem a festividade carnavalesca, destacando que nesse momento aparece um espaço de aproximação entre pessoas consideradas diferentes do ponto de vista das classes sociais. No entanto, alerta para o fato de também ser um momento de reafirmar as diferenças demarcando barreiras, evitando a entrada dos pertencentes a uma camada social inferior, desestruturando a festa dos que não são da camada popular. Assim,

> [...] demarcando territórios, a festa define e organiza as elites; reorganiza-as no movimento de ascensão e queda de grupos sociais, definindo quem pode ser aceito e quem deve ser excluído. Por serem aceitos na festa, tais grupos são simbolicamente incorporados às elites que – reorganizadas – reorganizam, também, suas ocasiões festivas. (Souza, 2005, p. 104).

Com isso, o próximo item deste capítulo traz os aspectos históricos e as influências sofridas no frevo pernambucano, além de sua característica de resistência popular, pensando a festa como, na visão de Souza (2005, p. 100), "um momento de ruptura, mas uma ruptura estruturada a partir de normas".

---

[10] A narrativa é de Souza, mas este se baseia em: BAKHTIN, Mikhail. **A cultura popular na Idade Média e no Renascimento**: o contexto de François Rabelais. São Paulo; Brasília: Hucitec; UnB, 1987 (N. do E.).

2.3 Frevo pernambucano: aspectos históricos

O pensamento corrente é de que o frevo surgiu no Recife, Pernambuco, nos últimos anos do século XIX. Tantas são as afirmações de pesquisadores, historiadores, que se faz necessário trazer uma discussão com relação ao que já foi dito sobre o assunto.

Primeiramente, pois, verifiquei um problema relacionado à bibliografia do frevo: há uma vasta quantidade de trabalhos e pesquisas, em geral meramente descritivos, muitos dos quais fazendo uso de conceitos como "cultura popular", "sobrevivência cultural", entre outras abordagens. Esses estudos servem como documentos, por seu caráter minuciosamente descritivo do gênero musical em si e de sua realização enquanto evento, no entanto poucas vezes demonstram a preocupação com o registro pela ótica da etnomusicologia.

Assim, acredito que este trabalho possa colaborar como mais um capítulo significativo para a história da etnomusicologia no Brasil, dando enfoque ao Nordeste, por meio do frevo. Terei a preocupação de buscar o que consideramos ser o "tradicional" e as "sobrevivências culturais", não deixando escapar dessas observações os processos inovadores, mas também as razões que os impulsionam.

Existe muita polêmica sobre a origem da palavra "frevo". Conforme publicação do historiador Evandro Rabello (1990)[11], um número expressivo de pessoas, entre sociólogos, musicólogos, historiadores etc., atribui a origem da palavra, do início do século XX, a Osvaldo de Almeida, cujos pseudônimos eram "Pierrot" e "Paula Judeu". No entanto, outros alegam que a palavra surgiu entre 1907 e 1908. No *Jornal Pequeno*, Pereira da Costa informa que o termo surgiu no vocabulário pernambucano em 1909, com a frase "Olha o frevo!", que se ouvia no delírio do povo acompanhando os clubes. Porém, Osvaldo de Almeida, em entrevista ao *Diário de Pernambuco* em 1944, informa que na época falar de Carnaval era de certa forma arriscado, pois a polícia era muito rigorosa com os simpatizantes das organizações carnavalescas.

No *Anuário do Carnaval de Pernambuco*, em 1938, o jornalista Samuel Campelo escreveu o artigo "Quem foi que inventou o frevo?", discutindo a música recifense, capoeiras na frente das bandas de música e a origem da palavra. Para Campelo, Osvaldo Almeida usava o pseudônimo "Pierrot" para animar o Carnaval nas páginas do *Jornal do Recife* e contestava a sua autoria à palavra, mas ninguém discordava de que fora Osvaldo seu primeiro

---

[11] A sequência da narrativa é baseada no raciocínio de Rabello (1990) (N. do E.).

divulgador. Campelo referia-se a Osvaldo de Almeida pelo apelido "Mulato boêmio", e declarava que este tivera grande importância na vida carnavalesca do Recife; por meio de suas crônicas, afirmava ainda, naquela época, que as colunas do "Pierrot" fizeram crescer o Carnaval pernambucano.

Pode-se ainda discutir a origem do frevo com base no trabalho da antropóloga Rita de Cássia Barbosa de Araújo (1996), num dos trabalhos mais informativos da literatura do Carnaval pernambucano. É uma interpretação da historiografia contemporânea. Segundo a autora, a origem do frevo está ligada às classes trabalhadoras urbanas que, nos primórdios da República, avolumavam-se, intensificavam suas lutas, encontravam novas formas de se organizar e associar na defesa e conquista dos seus interesses, na busca por melhores condições de vida e de trabalho. E o frevo — palavra síntese das manifestações populares do Carnaval — era expressão das massas, das grandes aglomerações humanas, da multidão que habitava a cidade.

No trabalho *Memórias da folia: o Carnaval do Recife pelos olhos da imprensa*, de Evandro Rabello (2004), este informa que registros históricos dão provas de que os negros, pobres e escravos se julgavam no direito de brincar publicamente o Carnaval, com os seus divertimentos mais característicos, como samba, maracatus, cambindas, bumba meu boi, como também com o jogo do Entrudo[12] ou imitando as folias de outros grupos, portando máscaras e exibindo-se nas ruas. Diz ele:

> Desse desafio, o de acomodar a diversidade de manifestações culturais própria de uma sociedade baseada no trabalho negro escravo africano e de criar um padrão de convivência entre grupos étnicos e classes sociais extremamente desiguais, nasceria uma das originalidades dos Carnavais do Recife e de Olinda, tal como eles se nos apresentam hoje. (Rabello, 2004, p. 3).

Grande parte da literatura sobre os clubes, sua história e evolução encontra-se nas páginas dos jornais pernambucanos. Em trabalho originalmente publicado em 1967, *O folclore no Carnaval do Recife*, Katarina Real, citando Moraes[13], ressalta essa informação em seu estudo do Carnaval carioca: "a imprensa tem sido sempre o grande historiador, incentivador, crítico e até pesquisador, do carnaval brasileiro" (Real, 1990, p. 8).

---

[12] "Festa popular que se realizava nesses dias, em que os brincantes lançavam uns nos outros farinha, baldes de água, limões de cheiro, luvas cheias de areia etc. [Entrou em declínio no Brasil em 1854, por repressão policial, dando lugar ao moderno carnaval.]" (Entrudo, 2009).

[13] *História do Carnaval carioca*. É o grande clássico da literatura carnavalesca brasileira. Publicada em 1958, a obra, escrita pela jornalista e pesquisadora Eneida de Moraes, descreve e classifica, pela primeira vez, as diferentes formas de brincadeiras carnavalescas.

Conforme Rita Araújo (1996), o Carnaval de estilo burguês era uma festa de multidão. Não uma multidão indiferenciada, disforme, privada de interesses e de feições próprias, mas com identidade e comportamentos expressivos, significativos, e movimentava-se seguindo certas regras de convívio social preestabelecidas — o que não retirava da festa a possibilidade de haver conflitos, brigas e confusões, muito frequentes, por sinal.

Ao adotar o modelo de Carnaval burguês europeu, a partir de meados do século XIX, os jornais assumem um papel importante. É pela imprensa que se constrói a crítica contra os "devaneios do nosso Carnaval", os "exageros do Entrudo"; elogia-se a riqueza das máscaras e fantasias, convida-se a elite pernambucana para os bailes luxuosos no Teatro de Santa Isabel. Esse novo Carnaval, agora mascarado, era sinal de "civilidade", "polidez," "bom gosto" e "luxo" (Rabello, 2004, p. 17). Fica aqui entendido que ainda não havia espaço para as camadas mais pobres nesses bailes.

Novamente os jornais, na segunda metade do século XIX, publicam, com certa frequência, reclamações quanto à ineficiência da polícia enquanto aparelho opressor. As autoridades policiais não conseguiam coibir o Entrudo, ou os batuques escravos que incomodavam os moradores dos sobrados. Já nos fins desse século, as "maltas de capoeira" driblavam o poder repressivo da polícia. Eles escolhiam os dias de festa das irmandades, domingos, dias santos, feriados e, provavelmente, os dias de folia carnavalesca exibindo publicamente seus golpes e habilidades marciais nas praças e largos das grandes cidades do Império.

A respeito da falta de espaço para as camadas mais pobres nos bailes burgueses, encontramos no trabalho de DaMatta (1997), *Carnavais, malandros e heróis*, exemplificando o Carnaval como meio de organização das classes sociais das camadas mais baixas e marginalizadas da sociedade local. Ressalta o autor que, ao contrário das organizações que controlam os meios de comunicação e de repressão, os clubes carnavalescos são organizados pela reunião de pessoas voluntárias, como grupo aberto por múltiplas relações sociais e princípios ordenadores.

2.4 As bandas de música e os praticantes "capoeiras"

Rabello (2004) conta que a participação do Exército Brasileiro na Guerra do Paraguai rendeu-lhe prestígio e louvores. Esse exército, contudo, era composto em grande parte por soldados escravos que lutavam lado a lado com homens livres. O resultado disso foi a concessão de liberdade dada pelo governo aos cativos que lutaram na guerra. O serviço militar, que antes era execrado, passou a ser cobiçado como uma opção de conseguir a tal alforria e certo respeito no Império.

Rabello (2004), citando Soares, destaca a existência de uma "febre" dos conhecidos "capoeiras" que nas décadas de 1860 e 1870 seguiam as bandas militares e exibiam suas habilidades. O povo acompanhava o ritmo marcial celebrando a vitória dos que foram forçados para os campos de batalha, ou mesmo dos voluntários com esperança da desejada alforria. Dessa forma se sentiam mais fortes.

Vários são os estudiosos (Oliveira, 1971; Duarte, 1968; Rabello, 2004; Tinhorão, 1991) que apontam que esses capoeiras acompanhavam as unidades militares do Quarto Batalhão de Artilharia, mais conhecido como "O Quarto", e o do Corpo da Guarda Nacional, denominado de "O Espanha", pelo fato de seu mestre ter sido o espanhol Pedro Garrido.

Figura 1 – Banda militar em desfile na antiga Praça 1817

Fonte: FUNDAJ (c2008)

Quando o Quarto saía à rua, logo vinha um comboio de admiradores. Esse tipo de desfile é o que motivava os partidos dos capoeiras. Eram pessoas tidas como temíveis, acostumadas a briga. O desfile desse pessoal, conforme

Duarte (1968), era um delírio total, com gente pulando, gingando o corpo, treinando os golpes de capoeira e suas habilidades marciais. Do mesmo modo, o grupo contrário do Espanha respondia à altura. O resultado desses encontros só podia dar em luta de vida ou de morte, em que o vale-tudo era a palavra de ordem. Golpes com faca, punhal, cacete, e os golpes de pernas, cabeça, típicos dos verdadeiros mestres da capoeira, trazidos para o Brasil e aqui aperfeiçoados pelos escravos.

2.5 Influências

Quanto ao repertório que essas bandas executavam, era bem variado: polcas, maxixes, valsas, tangos, quadrilhas, marchas, modinhas e dobrados. Conforme a descrição de Evandro Rabello, no início do século XX já começava a despontar uma definição, uma identidade, cuja palavra faria parte do vocabulário: o frevo.

> Os primeiros anos do século XX assistiram ao nascimento de uma música que misturava todos esses andamentos, ritmos e melodias: o frevo. Era uma mistura musical forjada nos bocais, paletas [sic] e baquetas dos livres pobres e, provavelmente, ex-escravos, e até ex-capoeiristas, que faziam parte das bandas militares. (Rabello, 2004, p. 31).

Por meio do trabalho realizado pelo musicólogo Valdemar de Oliveira (1971), é possível compreender, do ponto de vista escolástico, como essa mistura se justifica, observando ainda os exemplos ilustrativos de cada música e seus elementos harmônicos, rítmicos e melódicos, comparados com composições de frevos da época. Vejamos os exemplos:

2.5.1 A "modinha"

O exemplo dado por Valdemar de Oliveira tem o propósito de verificar que as modinhas imperiais deram elementos melódicos para as composições de frevo.

Exemplo: a primeira parte da "Marcha nº. 1 Lenhadores", escrita em 1903 por Juvenal Brasil:

Figura 2 – "Marcha nº. 1 Lenhadores"

Fonte: Oliveira (1971, p. 28)

Segundo Oliveira, essa melodia foi modelada na conhecida modinha "Quem sabe?", de Carlos Gomes:

Figura 3 – Trecho de "Quem sabe"

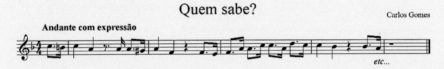

Fonte: Oliveira (1971, p. 28)

Partindo desses dois exemplos, podemos deduzir que, além desses elementos melódicos, o andamento da Marcha n.º 1 era o mesmo que o da modinha[14].

2.5.2 O "dobrado"

O dobrado foi um forte fator de influência no Carnaval. O frevo "Canhão 75", de Faustino Galvão, tem um trecho selecionado por Oliveira que é um trio de dobrado:

---

[14] O autor não informou a unidade métrica dos exemplos.

Figura 4 – Segunda parte do frevo "Canhão 75"

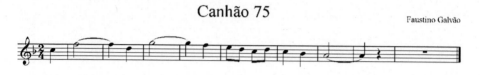

Fonte: Oliveira (1971, p. 29)

2.5.3 A "quadrilha"

A quadrilha também exerceu forte influência sobre o frevo. Certas progressões melódicas de quadrilha estão presentes em alguns frevos. Note-se que, na quarta parte da quadrilha "Os domingos no poço", de Cândido Lira, escrita por volta de 1890, sua linha melódica assemelha-se ao frevo "Carnaval de Pernambuco", na Figura 6.

Figura 5 – Trecho de "Os domingos no poço", de Cândido Lira

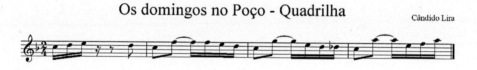

Fonte: Oliveira (1971, p. 29)

Figura 6 – "Carnaval de Pernambuco"

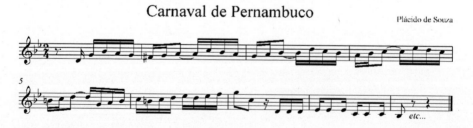

Fonte: Oliveira (1971, p. 29)

E ainda com o frevo "Chegou fervendo", de Zumba:

Figura 7 – Frevo "Chegou fervendo"

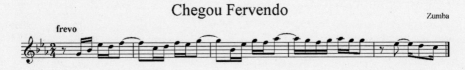

Fonte: Oliveira (1971, p. 29)

Das Figuras 5 a 7, percebe-se que o motivo melódico é bastante semelhante, porém essa comparação fica restrita à melodia e ao ritmo, não aos modos.

2.5.4 O "maxixe"

De acordo com Tinhorão (1991), originado de procedimentos empregados pelos músicos de grupos de choro e bandas de coretos do Rio de Janeiro desde a década de 1860, o futuro gênero de música popular chamado de maxixe surgiria a partir de 1880, acompanhando a maneira exageradamente requebrada de dançar tal tipo de execução, principalmente de polca-tango. Segundo o autor, é atribuída sua origem a certo dançarino apelidado de "Maxixe", que entre 1870 e 1880 dançou num clube do Rio de Janeiro o lundu de uma maneira nova e diferente.

Jota Efegê (1974), no seu livro *Maxixe: a dança excomungada*, não corrobora essa versão. Mas tampouco consegue explicar a origem do nome. Em suas exaustivas pesquisas, ele encontrou uma variedade grande de explicações que dão à origem do maxixe, mas até hoje há certo ar de mistério. Conta Efegê que:

> "Em nenhum de tais *puffs*[15] encontrados nos jornais de antes de 1880, na época do carnaval, aparece o maxixe." Ou mesmo "machicheiros" e "machicheiras"[16].

Só em 1883, no Carnaval, a dança é anunciada numa quadrinha; e sua prática, incitada nas folganças de momo:

> Cessa tudo quanto a musa antiga canta
> Que do castelo este brado se alevanta
> Caia tudo no maxixe, na folgança
> Que com isso dareis gosto ao Sancho Pança.

---
[15] Termo jornalístico que significa "anúncios".
[16] Como escrito, com "ch" (Nota de Efegê).

Era um *puff* do Club dos Democráticos publicado em 4 de fevereiro de 1883, um domingo gordo de Carnaval. Segundo Jota Efegê, essa foi a primeira referência comprovada ao nome "maxixe", grafado com x, e não com ch. Mas, até então, o maxixe era apenas dança. A música denominada maxixe só se firmou como tal depois da dança ter se caracterizado plenamente (Efegê, 1974).

A presença do maxixe em Recife deixa sua semente africana no frevo. De fato, sincopar foi um procedimento comum na cultura musical das Américas. Talvez esse processo da síncope, de acentuação diferenciada da música europeia, tenha acontecido concomitantemente em alguns lugares do nosso continente, gerando manifestações distintas, porém com princípios similares.

2.5.5 A "polca"

No Recife do século XIX, prosperava a música ligeira, e a camada social burguesa insistia que a dança nos salões fosse a representação da cultura mais "civilizada" europeia. Pelos caminhos do maxixe, estende-se uma raiz para a música africana, cuja primeira obra Oliveira (1971) informa ter sido feita pelas mãos de Ernesto Nazaré, uma "polca-lundu", para a música europeia ou hispano-americana (a *habanera*). Oliveira, consultando o livro do musicólogo e jornalista Renato Almeida[17] destaca Arthur Ramos e Luciano Gallet), que esquematiza a filiação histórica do maxixe como sendo:

POLCA > TANGO > MAXIXE

Fica bastante clara para Valdemar de Oliveira a influência das músicas hispano-africanas da América na formação do frevo, como também nos revela Mário de Andrade, no seu trabalho *Pequena história da música*, citado por Oliveira (1971), uma introdução instrumental de *habanera* peruana oitocentista, que muito tem em comum com as introduções dos maxixes brasileiros. O próprio musicólogo Valdemar de Oliveira chama atenção dos estudiosos quando faz a comparação com uma introdução-padrão dos frevos de bloco:

---

[17] ALMEIDA, Renato. **História da Música Brasileira**. 1. ed. Rio de Janeiro: F. Briguiet & Comp. Editores, 1926. p. 48.

Figura 8 – Exemplo de fraseado

Fonte: Oliveira (1971, p. 32)

O estilo melódico da polca apresenta-se em muitos frevos, tanto da primeira geração quanto dos atuais no Recife. Essa afirmação de Oliveira não é para definir que a polca foi ressuscitada, mas para demonstrar que ela permanece em diversas composições, como exemplifica o musicólogo.

O título do frevo "Picadinho", de Artur Gabriel, é bastante expressivo, por referir justamente o "picadinho" como constante na polca. Vejamos estes dois exemplos de frevos, o primeiro de autoria de Eugênio Fabrício, intitulado "Capenga", cuja segunda parte mostra a seguinte melodia:

Figura 9 – Trecho das palhetas do frevo "Capenga"

Fonte: Oliveira (1971, p. 33)

E, no segundo exemplo, o frevo "Picadinho", de Arthur Gabriel:

Figura 10 – Introdução do frevo "Picadinho" (metais e palhetas no detalhe)

Fonte: Oliveira (1971, p. 54)

Figura 11 – Primeira página da polca "Bellezas do Recife"

Fonte: Benck Filho (2008)

Conforme destaque na Figura 11, as células rítmicas com a melodia da polca têm muita semelhança com o frevo de rua[18].

Pode-se também ter um exemplo bem claro em "alguns dos padrões rítmicos do *ragtime* norte-americano, principalmente os expostos nas letras (a), (b), (c) e (d)" (Benck Filho, 2008, p. 45) da Figura 12, em que são encontradas semelhanças com o nosso frevo:

---
[18] O raciocínio doravante é de Benck Filho (2008) (N. do E.).

Figura 12 – Exemplo das células rítmicas do *ragtime*

Fonte: Benck Filho (2008)

Isto se deve ao fato de que, durante o período pós-guerra, a partir da "era do rádio", na década de 30 do século passado, as *big bands* começaram a ganhar o seu espaço nos ambientes fechados, nas gravações e nos programas de auditório. Nomes como Nelson Ferreira, Severino Araújo e maestro Zaccarias, do Rio de Janeiro, são considerados grandes expoentes desse período. Tamanha foi essa influência que surgiu em 1931 a Jazz Band Acadêmica, criada por Lourenço Fonseca Barbosa — o "Mestre Capiba" (Benck Filho, 2008).

Na Figura 12, percebe-se que "não somente os motivos rítmicos (a), (b) e (c)" coincidem com frases introdutórias do frevo de rua, mas também no "exemplo (d), denominado por Berlin como *ragtime secundário*", pois

> [...] apresenta uma célula em semicolcheias não sincopada, mas com uma acentuação [...] muito similar com a acentuação da caixa-clara no frevo, uma vez que o uso dos colchetes no exemplo delimita essa acentuação sincopada. (Benck Filho, 2008, p. 45).

Conforme Adelson Pereira da Silva, músico pernambucano especialista em interpretar os frevos e regente da

> Banda da Sociedade Musical XV de Novembro [...], a base rítmica do frevo deriva do dobrado, e sua execução na caixa-clara é oriunda especialmente da seqüência rítmica de um gênero musical conhecido pelos maestros de bandas marciais como "Cento e Vinte". (Silva, 2007 *apud* Benck Filho, 2008, p. 46).

Vejamos na figura:

Figura 13 – Sequência rítmica da caixa-clara no dobrado "120"

Fonte: Benck Filho (2008)

Na realidade, o que se vê é a constatação de que "o frevo é uma marcha - um dobrado" em andamento mais rápido (Benck Filho, 2008). Uma frase de Ronildo Maia Leite (1991, p. 339 *apud* Benck Filho, 2008, p. 46) pode definir bem essa espécie de parentesco: "O frevo é música irmã gêmea do dobrado". Assim, de todas as influências das músicas europeias, africana, hispano-americana, talvez sejam a polca-marcha, o dobrado ou marcha militar as que mais influenciaram o frevo. Nos frevos compostos por José Gonçalves Júnior — o famoso "Zumba" (1889-1974) —, nota-se que "a marcação [...] da percussão é muito similar ao do dobrado" (Benck Filho, 2008, p. 46).

Figura 14 – Partitura de percussão do frevo "Trocadilho" (1965)

Fonte: Benck Filho (2008)

Figura 15 – Parte de percussão do frevo "Chapéu de couro" (1967)

Fonte: Benck Filho (2008)

Os exemplos das Figuras 14 e 15 apresentam semelhanças na marcação rítmica em relação aos dobrados e peças ligeiras executadas pelas bandas de música. A caixa-clara ou tarol executa variações rítmicas de células encontradas nos dobrados localizados pelo pesquisador Ayrton Benck Filho no acervo de partituras da Banda Saboeira, fundada em 1849, na cidade de Goiana, PE.

Figura 16 – Parte de bateria da "Marcia Ungherese", cópia de 1947

Fonte: Benck Filho (2008)

Figura 17 – Parte de tarol da "Marcia Ungherese"

Fonte: Benck Filho (2008)

Figura 18 – Partes de percussão do dobrado "Estado Novo" (1939)

Fonte: Benck Filho (2008)

Observem que "a marcação do segundo tempo acentuado do bombo e caixa a partir do compasso nº. 21 [do ᒿ)] é a mesma apresentada nas figuras [15 e 16]" (Benck Filho, 2008, p. 50).

"Adelson Silva e Glauco Nascimento", músicos percussionistas, "descrevem o padrão rítmico executado no frevo-de-rua" (Benck Filho, 2008, p. 51):

Figura 19 – Exemplo de padrão rítmico tradicional

Fonte: Benck Filho (2008)

É fácil perceber[19] que a notação musical do surdo está diferente das outras partituras dos exemplos de dobrados. Esta é a grafia padrão, "onde na pausa de semínima abafa-se o som do surdo" (Benck Filho, 2009, p. 51), dando importância ao acento do segundo tempo, como se executa na maioria dos frevos e dos dobrados. Nas partes das orquestras de frevo, aparecem também estas formas de notação musical:

Figura 20 – Diferentes formas de notação musical para surdo de orquestra

Fonte: elaborada pelo autor (2008)

O exemplo a seguir apresenta um esquema-padrão da percussão tradicional.

Figura 21 – Padrão rítmico utilizado na maioria das orquestras

Fonte: Benck Filho (2008)

O professor Adelson Pereira da Silva apresenta uma variação da base rítmica neste próximo exemplo:

---
[19] O raciocínio é sempre de Benck Filho (2008) (N. do E.).

Figura 22 – Variação da célula rítmica da caixa no frevo

Fonte: Benck Filho (2008)

Os exemplos aqui apresentados demonstraram as influências que o frevo recebeu e foram adotadas pela geração de compositores pernambucanos durante meados do século XX e que resistem ao tempo. No próximo capítulo, apresentaremos a morfologia do frevo, suas formas de divulgação e as novas influências recebidas pelos compositores e arranjadores.

3

ANÁLISE DAS CARACTERÍSTICAS MUSICAIS

Figura 23 – *Enfarofado de passistas*, por Lula Cardoso Ayres

Fonte: Ayres (2010)[20]

3.1 Considerações iniciais

      Após serem estudadas as influências sofridas pelo frevo e as mudanças culturais e históricas, este capítulo traz informações acerca da morfologia do frevo, o frevo na mídia, no rádio, na televisão, no disco, além das cate-

---

[20] Disponível em: https://machimbomba.blogspot.com/2010/05/carnaval-repaginado-2007-lula-cardoso.html. Acesso em: 2008.

gorias de frevo conhecidas na literatura. Faz-se também uma análise das características musicais do frevo, por meio de partituras selecionadas com a finalidade de ilustrar e dar uma visão mais técnica do objeto deste estudo.

3.2 A morfologia do frevo

Conforme Benck Filho,

> O frevo [é uma] estrutura formal relativamente simples e [...] está fundamentada na forma circular, conhecida como *Lied* ternário, A-B-A, forma ternária de canção ou forma de rondó simples que estrutura também a polca e a marcha. (Benck Filho, 2008, p. 70).

A introdução do frevo, ou parte A, é sempre em anacruse. Para Oliveira (1971), a imaginação do compositor pode ou não se submeter às estruturas composicionais. Benck Filho traz em seu trabalho um gráfico demonstrando essa estrutura acrescentada do termo "**reexposição**", emprestado do teórico Julio Bas. Eis a forma estrutural:

Figura 24 – Esquema estrutural básico do frevo de rua

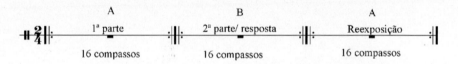

Fonte: Benck Filho (2008)

De acordo com Rodrigues (1991, p. 68 *apud* Benck Filho, 2008), "a **parte B** recebe o nome de '**2ª parte**' ou '**resposta**'", claramente percebida nas audições de frevos que apresentam os diálogos dos metais e palhetas. Esse esquema estrutural não é uma praxe. Num desfile de rua, é comum a orquestra repetir o frevo conforme a necessidade, por exemplo, num determinado roteiro em que a orquestra costuma (ou melhor, costumava) desfilar por mais de duas horas seguidas, e o regente da orquestra é quem controlava quantas vezes determinado frevo se repetiria. Em outros casos, "algumas gravações apresentam o esquema A-A|B-B repetido por duas vezes, retornando-se ao |A-A| para finalizar no acorde final. Outras gravações apresentam esse último retorno à **parte A** executada uma só vez antes do acorde final" (Oliveira, 1971, p. 53 *apud* Benck Filho, 2008).

Após a introdução, na segunda parte do frevo, aparece o que Oliveira (1971, p. 50) definiu como "um traço-de-união, conhecido por 'passagem', que constitui um selo de originalidade". Tal traço é exatamente a ponte da parte A para B, conforme explica Benck Filho (2008, p. 71)[21], "representada pela segunda casa de repetição da primeira parte, onde o movimento melódico apresenta a um contraste ou ruptura abrupta, separando e unindo a diferentes partes da música". Neste caso, o contraste é chamado por Oliveira (1971) de "rasgado", um acorde violento que é executado pelos metais em dinâmica fortíssima. Mas isso também não é regra. Há passagens cujo desenho melódico e rítmico é variado, apresentando sincopas ou até respostas com a mesma frase, em dinâmica inversa. Vejamos os seguintes exemplos:

Figura 25 – "Fogão", de Alfredo Lisboa

Fonte: elaborada pelo autor (2008)

---

[21] Percebe-se aqui um equívoco de Benck Filho: a passagem fica exatamente na segunda casa de repetição da segunda parte, e não da primeira, como ele indica.

Podemos observar a introdução e o final da parte A, assim como a segunda casa de repetição que descreve a "passagem". O acorde "rasgado" é o que tem a dinâmica em superfortíssimo com acentuação > na semínima.

Figura 26 – "O bando do frevo", de Filinto Carnera

Fonte: Oliveira (1971)

Essa é uma passagem em quatro compassos, em que o segundo compasso dá o começo à referida parte.

No que se refere à harmonia, os frevos seguem o encadeamento tradicional. Progressões harmônicas: I-IV-V-I ou qualquer dos acordes substitutos-tons vizinhos. Os frevos tanto podem ser escritos no modo maior quanto no modo menor.

De modo geral, o frevo abrange as seguintes características, enunciadas por Benck Filho (2008, p. 74-75):

1. Estrutura formal circular |A-B-A|.
2. É geralmente escrito em compasso binário 2/4.
3. Sua frase inicial é geralmente acéfala ou anacrústica.
4. As frases tendem a ter ordenamento binário, resultando geralmente em períodos de oito, dezesseis, ou vinte e quatro compassos.
5. A síncopa tende a ser um elemento importante na construção melódica do período musical da parte A. O desenho rítmico empregado é oriundo da influência afro-brasileira presente nos gêneros musicais dos séculos XVIII e XIX.
6. Além da melodia sincopada, o jogo de perguntas e respostas entre os metais e palhetas tende a ser usual, influindo na orquestração, principalmente quando o frevo destina-se à banda de música ou *big bands*.
7. A parte B ou segunda parte tende a ser precedida por uma *passagem*. É uma ponte de união ou ruptura, delimitação que serve de descanso ao passista e apresenta um momento de

tensão que tende a suavizar-se com o tema B. Às vezes o tema B já se inicia na *passagem*. A passagem pode apresentar a todos os instrumentos em fortíssimo, em um *"rasgado violento"*, conforme Valdemar de Oliveira (Oliveira, 1971, 50)

8. A conjunção dos desenhos rítmicos da percussão, em especial, do surdo, do bandeiro, e da caixa-clara com suas variações dão caráter praticamente exclusivo ao gênero [...].

9. O andamento do frevo tende a ser mais acelerado do que o dobrado ou marcha.

Dependendo do uso empregado, o frevo pode ser repetido até cinco vezes, ou ainda dependendo da exigência do condutor.

Usando artifícios já antigos de ampliação da forma do *lied* ternário por meio da introdução, *intermezzo* e *coda*, músicos contemporâneos têm produzido uma nova interpretação do frevo de rua. Dessa nova geração, Benck Filho dá destaque a Inaldo Cavalcante de Albuquerque, o maestro "Spok"[22], da Spok Frevo Orquestra, responsável pelo grande sucesso midiático do gênero nos últimos anos.

Spok utiliza a arte "do improviso no frevo, aproveitando os *chorus* da parte A e da parte B dos frevos-de-rua", coisa que não é novidade, pois o saxofonista Felinho, Felix Lins de Albuquerque (1895-1980) improvisava com as suas variações de "Vassourinhas", de Mathias da Rocha, cuja crítica está nas entrelinhas do livro de Oliveira (1971), conforme Benck Filho (2008, p. 77).

"Seguindo uma forte influência do padrão jazzístico norte-americano, o frevo adaptado e interpretado por Spok" (Beck Filho, 2008, p. 77) apresenta a seguinte estrutura:

Figura 27 – Estrutura tendencial dos frevos de rua (Spok Frevo Orquestra)

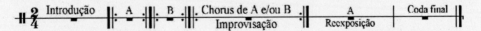

Fonte: Benck Filho (2008)

Essa nova concepção em arranjos e orquestração dada ao frevo por meio de Spok "deu fôlego a uma música que praticamente esteve ameaçada de se transformar numa espécie de nova dixieland para turistas", como disse Teles (2000, p. 49).

---

[22] Apelido recebido devido às orelhas de lóbulos pontudos, como as do personagem do Doutor Spock, do seriado de TV *Jornada nas Estrelas*.

3.3 O frevo na mídia

3.3.1 O frevo e a imprensa

Os meios de comunicação têm sua ligação com o frevo de várias formas desde o século XVIII. Para o leitor que deseja acompanhar os passos do frevo por meio dos trabalhos publicados pela imprensa escrita, no período de 1822 até 1925, considero de grande relevância o trabalho de Evandro Rabello (2004), isto é, a leitura da antológica *Memórias da folia: o Carnaval do Recife pelos olhos da imprensa*, que contribuiu de diferentes formas para a valorização do Carnaval e da imprensa como objetos de conhecimento. Como já foi dito, a literatura dos clubes, sua história e evolução encontra-se principalmente nos jornais pernambucanos, e até hoje esta é uma das preocupações: disponibilizar ao público leigo e ao especializado, ao público jovem e adulto as crônicas e os artigos jornalísticos daqueles que foram os pioneiros da imprensa e da crítica de costumes e da cultura em Pernambuco.

Rabello (2004)[23] informa que, numa das publicações do *Jornal Pequeno* em 1907, o clube carnavalesco Empalhadores do Feitosa convidava para o ensaio de sua orquestra e divulgava o programa musical com as seguintes marchas: "Priminha", "Empalhadores", "Amorosa", "Delícias", "O frevo, "O sol", entre outras. Em 12 de fevereiro de 1908, o jornalista de pseudônimo "Paula Judeu", também conhecido por "Pierrô"[24], publicou a seguinte matéria:

> Entrei ontem no frevo, fui na ondia [*sic*] com o pessoal – espanadorífero – que trastejou bonito pelas escuras a mal calçadas ruas de nossa Veneza Americana. Fiz parte do cordão e quando a fanfarra rompeu a marcha fogosa com todas as variações do trombone e repinicados de caixa, entrei feioso no passo do calungogê que foi um sucesso (Paula Tadeu, 1908 *apud* Rabello, 2004, p. 168).

Em 1909, o mesmo jornal publicou outra matéria anunciando um ensaio do clube das Pás cujo repertório trazia as marchas "Língua do povo", "A vitória de Ruy Barbosa", "A rosa" e "Olha o frevo" (Rabello, 2004, p. 169).

Silva e Souto Maior (1991, p. 198), em seu livro *Antologia do Carnaval do Recife*, afirmam que, "na segunda década deste século XX, o vocábulo frevo e seus derivados aparecem com freqüência no noticiário da imprensa escrita do Recife"; e descrevem alguns dos noticiários da época, tais como:

---

[23] A sequência é sempre de Rabello (2004) (N. do E.).

[24] Já relatado no capítulo 2 deste trabalho.

O apertão do frevo, nesse descomunal amplexo de toda a multidão que se desliza, se cola, se encontra, se roça, se entrechoca, se agarra. (Jornal do Recife, N. º 65, 1916).

Ou nesses versinhos: o frevo que mais consola, / O que mais o arrebata, /É o frevo que se rebola / Ao lado de uma mulata. (Diário de Pernambuco nº. 66, 1916).

Os rapazes souberam arranjar uma orquestra tão boazinha, que vem dar uma vida extrapiramidal ao rebuliço do frevo. (O Estado de Pernambuco nº. 48, 1914).

O clube levará um dos seus carros com uma pipa do saboroso binho berde para distribuir com o pessoal da frevança. (Jornal Pequeno nº. 39, 1917).

Do mundo a gente se esquece / Pinta a manta, pinta o bode, / E se o frevar recrudesce / Mais a gente se sacode. (DIÁRIO DE PERNAMBUCO nº. 66, 1916). (Silva; Souto Maior, 1991, p. 198-199).

Os autores ainda citam Rodolfo Garcia, que assim registra:

O Frevo, palavra exótica
Tudo que é bom diz, exprime,
É inigualável, sublime,
Terno raro, bom que dói...
Vale por um dicionário,
Traduz delírio, festança,
Tudo come, tudo rói...
(Silva; Souto Maior, 1991, p. 198-199).

E foi assim que a imprensa trouxe-nos essas informações de relevante valor histórico, e continua promovendo e coletando informações sobre o frevo, suas influências, suas transformações, reportando os mais diversos temas e registrando inúmeros acontecimentos e novidades do frevo até nossos dias com a mesma preciosidade com que trouxe os fragmentos da história em seu estado original para disponibilizar as manifestações culturais e atividades afins ao seu público, sempre à espera de informações que pudessem retratar a sociedade com bastante acuidade.

3.3.2 O frevo e o rádio

Outro meio de comunicação que sempre marcou presença nas atividades culturais em Pernambuco, especialmente o das culturas populares, foi sem dúvida a Rádio Clube de Pernambuco. Lançada oficialmente em 1923 e após 20 anos ou mais, por volta do início dos anos 40 do século passado, foi descoberta como veio de ouro para que a arte popular, por meio da divulgação das manifestações folclóricas da região, tivesse espaço na rádio, graças a intérpretes como Sebastião Lopes, Aldemar Paiva, Jota Austregésilo, Luiz de França, e os emboladores, cantadores e violeiros.

Em seguida, seria a vez de o Carnaval de Pernambuco fazer parte da programação e ser divulgada para todo o estado pelas ondas do rádio. Câmara (2007) conta que o compositor e maestro Nelson Ferreira, ao perceber que estava aí surgindo uma grande oportunidade de divulgar o frevo em Pernambuco, reuniu um grupo de músicos do mais alto escalão, e entre eles estava Levino Ferreira, Felinho, Zumba, Lourival de Oliveira, formando, assim, uma orquestra de frevos que criava e emitia pela PRA-8 as pérolas do Carnaval pernambucano (Câmara, 2007, p. 30). A estratégia principal era via rádio começar a divulgar as músicas do Carnaval com meses de antecipação, fazendo, assim, que o público ouvinte já soubesse cantar os frevos de bloco e os frevos-canção que estourariam no Carnaval do ano seguinte, sob a interpretação dos famosos cantores em atividade na época, alguns até compositores carnavalescos.

O frevo agora vivia a sua época do auge com a Rádio Clube de Pernambuco, que nessa altura já conheceria as suas concorrentes, em 1948, a Rádio Jornal do Commercio, e em 1949 a Rádio Tamandaré. Mas isso só veio beneficiar ainda mais o Carnaval pernambucano, que já estava conhecido, de acordo com Câmara (2007, p. 31), como "O Melhor Carnaval do Mundo".

Foram criados concursos de frevos, programas de auditório e o lançamento das famosas *Revistas Carnavalescas*, e consequentemente o povo tinha condições de conhecer seus frevos de rua, de bloco e canção e escolher os de sua preferência. No fim dos anos 50, surgiam as emissoras AM em Recife, e todas concorriam para a escolha de qual transmitiria melhor o Carnaval de rua, porém o investimento empregado pelo fundador da Rádio Jornal do Commercio — F. Pessoa de Queiroz —, que queria levar a voz pernambucana para os quatro cantos do planeta, foi pesado em equipamentos que fizeram dessa rádio um jornal de referência nacional, tanto que se criou um slogan para ela: "Pernambuco falando para o mundo". Mas isso só trouxe benefícios para o frevo, pois a partir daí as rádios já investiam em programas musicais e, com isso, houve coligação das orquestras de rádio.

Uma crítica aqui é bem apontada por Câmara a respeito da programação que é feita nas emissoras FM hoje em dia. A narrativa deixo com o próprio crítico:

> As emissoras FM, cujas programações são elaboradas pela Região Sudeste do país, deixam muito a desejar nessa atividade de promover o Carnaval de Pernambuco. Fica a cargo da Rádio Universitária FM e AM o pioneirismo e a liderança neste trabalho de resistência da cultura musical do nosso Estado, mantendo dessa forma o brilho do maior carnaval do mundo! (Câmara, 2007, p. 31).

3.3.3 O frevo e a televisão

A televisão surgiu no estado de Pernambuco em 1960. Duas emissoras — a TV Tupi (já extinta), do Grupo Associado, e logo em seguida a TV Jornal do Commercio, do senador F. Pessoa de Queiroz, que continua atuando no estado — trouxeram um novo reforço ao Carnaval àquela época, em particular ao frevo.

Durante décadas, os Carnavais de rua e de clube foram transmitidos ao vivo pelas emissoras de TV locais, entre elas a TV Globo, que surgiu em 1972, no Recife. Com a programação elaborada via satélite da região Sudeste, pouco a pouco as emissoras foram diminuindo a cobertura da programação ao vivo das manifestações locais, incluindo o frevo. Mas, de qualquer forma, apesar das restrições aqui apontadas, a contribuição das emissoras de TV ao acervo histórico e à manutenção da nossa música carnavalesca tem sido reconhecida de forma positiva, especialmente por possibilitar a preservação das imagens gravadas durante anos e servindo como fornecedor para a coleta de dados nas pesquisas de instituições e estudiosos em geral.

3.3.4 O frevo e o disco

A presença constante de Pernambuco na história da discografia brasileira ocupa destaque e importância, hoje devidamente reconhecidos.

Por volta de 1950, José Rozenblit, um pernambucano de ascendência judaica, nascido em 1927 no Recife, entrou no comércio de discos depois de uma viagem aos Estados Unidos. Logo no início da década de 50, ele tinha uma loja localizada à Rua da Aurora, no outro lado da ponte que une o bairro de Santo Antônio a Boa Vista. Essa loja tinha seis cabines, onde o cliente podia ouvir os álbuns antes de decidir pela compra. Havia também um miniestúdio, que servia para a gravação de jingles[25] ou para registrar a própria voz em acetato. Podemos observar a seguir uma narração de um fato histórico ocorrido naquele estúdio durante a campanha presidencial de 1950:

---

[25] "Canção curta ou repetida que anuncia algum produto num comercial" (Michaelis [...], 2002, s/p).

> [...] o ex-presidente Getúlio Vargas veio ao Recife, onde empreenderia intensa programação de comícios pelo interior do estado. Porém, foi apanhado por uma forte gripe que o deixou acamado. Seus correligionários sugeriram que ele gravasse seus discursos e os distribuísse pelas cidades que não poderia visitar. (Teles, 2000, p. 18).

Getúlio Vargas gravou seus discursos em 160 bolachões[26] de acetato, que foram enviados às emissoras e às difusoras do interior de Pernambuco, tornando-se o primeiro "nome nacional" gravado por José Rozenblit.

O frevo só foi gravado em seu reduto a partir da fundação da Rozenblit. O primeiro LP 78 RPM gravado, em outubro de 1953, nos estúdios da Rádio Clube, trazia de um lado o frevo de rua "Come e dorme", de Nelson Ferreira, e no outro lado o frevo-canção "Boneca", assinado por José Menezes e Aldemar Paiva, cantado por Claudionor Germano. Mas, em princípio, como conta Teles (2000), José Rozenblit queria encomendar outra tiragem à fábrica carioca Sinter, responsável pela primeira impressão de discos, que rendeu 3 mil cópias na primeira tirada e esgotada em tempo recorde. O pedido foi negado, supostamente por pressão das multinacionais, que naquela época já tinham dominado o monopólio do mercado do frevo em Pernambuco, o que estimulou José Rozenblit a fundar a sua própria Fábrica de Discos Rozenblit.

Sob o seu comando, a fábrica ostentou por muitos anos um parque gráfico considerado o maior e mais moderno da região. Sua desenfreada produção fonográfica de frevos culminou no sucesso nacional, em 1937, do frevo de bloco "Evocação nº 1", de Nelson Ferreira, interpretado pelo coral feminino do Bloco Batutas de São José. Foi encomendada ao compositor por Augusto Bandeira, um dos fundadores do Batutas de São José, para homenagear o bloco que comemorava 20 anos de sua fundação. Tamanho foi o sucesso de Nelson Ferreira que o frevo se impôs até no Carnaval carioca, o maior reduto do samba e da marchinha.

Teles comenta um episódio considerado por ele como "curioso" nos versos iniciais da "Evocação" — de levantar suspeitas de uma homenagem alusiva aos nomes ligados ao regime do ditador Getúlio Vargas, durante o Estado Novo, e ao ideólogo do integralismo, Plínio Salgado: "no primeiro verso, surgem os nomes de Felinto, Pedro Salgado, Guilherme e Fenelon, todos eles foram foliões afamados nos antigos carnavais do Recife" (Teles, 2000, p. 26).

---

[26] Nome como era conhecido o disco de vinil na época.

Antológicos discos de frevo foram gravados na Rozenblit, tendo à frente grandes nomes do Carnaval de Pernambuco, como o cantor Claudionor Germano e suas inconfundíveis interpretações de composições de Capiba e Nelson Ferreira. Dessa forma, o mercado para os compositores, músicos, maestros alcançou o seu apogeu nos anos 50 e 60 do século passado. E a Rozenblit registrou praticamente toda a obra de Capiba e Nelson Ferreira, lançando discos com músicas de Levino Ferreira, Zumba, Felinho, Irmãos Valença, Raul e Edgar Moraes, e da nova geração, como maestro Duda, Edson Rodrigues, José Menezes, Clóvis Pereira e outros.

Na década de 1970, o frevo passava por um período crítico, com produções fonográficas de baixa qualidade e concepções gráficas precárias. Surge então o caruaruense Carlos Fernando, produtor do primeiro LP da série "Asas da América", em 1979, que contou com a participação de artistas ligados à MPB, como Gilberto Gil, Caetano Veloso, Chico Buarque, Elba Ramalho, Jackson do Pandeiro e Alceu Valença, entre outros. De acordo com Teles, esse LP, lançado pela CBS (depois virou Sony Music), foi executado de uma forma razoável, mas alega-se que não houve um trabalho de divulgação. O projeto teve no total mais quatro edições, sendo o último já em formato de CD, composto só por intérpretes pernambucanos, como Lenine, Geraldo Amaral, Alceu Valença, Geraldo Azevedo, Eliane Ferraz etc.

Já pelos anos 1980 a 1990, surgem dezenas de gravações de frevos oriundos dos concursos oficiais, tais como o Frevança, cujo idealizador, entre outros, é o jornalista Leonardo Dantas Silva. Apesar de esse concurso ter recebido o apoio da Rede Globo Nordeste, não teve grande repercussão popular. Outro festival patrocinado pelo município do Recife, que veio substituir o Frevança em 1988, o Recifrevo, teve sete edições, que também não trouxeram grandes resultados produtivos.

Segundo Teles (2000), estes concursos não despertaram grande interesse por parte dos novos músicos do estado porque já existia o movimento musical chamado "mangue *beat*", cujo principal representante, Chico Science & Nação Zumbi, por exemplo, não inscreveu músicas nesses festivais.

Por fim, veio o Recife Frevoé, em substituição ao Recifrevo, cujos CDs produzidos por músicas finalistas do festival tiveram a participação de grandes nomes, como Chico Buarque, Maria Bethânia, Geraldo Azevedo e Lenine, em 1996, com produção de Carlos Fernando.

Assim, apesar dos esforços e tentativas de modificar a falta de interesse por grande parte dos foliões, Teles descreve as considerações do produtor Carlos Fernando:

> Não existe mais demanda para o mercado de frevo no Brasil hoje. Não vamos tapar o sol com a peneira. Não existe também em sua terra natal. Foi aqui que o frevo nasceu há cem anos, foi consumido, mas sempre foi uma música temporal, de época. [...] A juventude não tinha a influência do rock, do reggae, do jazz como tem hoje, o pagode, a axé music, o samba tradicional. Isto é o mercado. (Fernando, 2000 *apud* Teles, 2000, p. 50).

Esse depoimento mostra uma preocupação bastante conhecida na etnomusicologia, a resistência temporal das manifestações que sofrem algum tipo de influência externa como alternativa à sua sobrevivência, mesmo que tais mudanças afetem o estado natural dessas manifestações. Mas é praticamente inevitável não alterar o curso da história sem que aconteçam certas adaptações resultantes da necessidade de sobrevivência, salvo aqui alguns focos de resistência. É uma retomada do tempo e a ressurreição das velhas tradições que transcendem gerações.

3.4 Categorias de frevo

Neste item, partiremos para uma análise mais acurada das categorias de frevo conhecidas na literatura.

3.4.1 Frevo de rua

De acordo com o que foi analisado, o frevo de rua tem na sua introdução o uso do segundo tempo do compasso, isto é, em anacruse. Salvo exceções, alguns frevos compostos nas duas primeiras décadas do século passado usavam compassos completos no início. O que caracteriza a influência dos dobrados e das polcas, células formadoras do frevo pernambucano. Um exemplo dado por Silva e Souto Maior (1991) é um dobrado dançante de 1905, "A província", do compositor Juvenal Brasil. Pela figura seguinte, observamos que o primeiro compasso está preenchido no início do pentagrama.

Figura 28 – Trecho do dobrado "A província"

Fonte: Silva e Souto Maior (1991)

Agora, a comparação com o frevo "3 da tarde", de autoria de Lídio Francisco da Silva:

Figura 29– Introdução do frevo "3 da tarde"

Fonte: elaborada pelo autor (2008)

Este frevo também foi composto com o primeiro compasso preenchido nos dois tempos, e pode servir como exemplo de frevo-coqueiro, escrito numa tessitura aguda para os metais.

As orquestras de frevo podem ser formadas de acordo com as condições econômicas das agremiações a que elas pertencem. Nos grandes clubes, sua estrutura é feita de um naipe de, no mínimo, dez metais, entre pistões, trombones e saxofones. Katarina Real (1990) diz que, de acordo com as exigências da Federação Carnavalesca Pernambucana, um clube de frevo teria que sair com mais de 20 músicos, de preferência, 25. O naipe de percussão é composto de caixa-clara, pandeiro e surdo. Nos desfiles, entre um frevo e outro, a percussão mantém o seu ritmo firme e preciso. Agremiações como Vassourinhas, do Recife; Leão, de Vitória de Santo Antão; e Lenhadores, de Paudalho, por exemplo, em épocas passadas, chegavam a contratar mais de 30 músicos.

Nessas orquestras, era bastante comum a figura do "requintista[27] improvisador". Mais uma herança das bandas de música. Esse músico mostrava as suas habilidades no instrumento improvisando nas execuções dos frevos. Silva e Souto Maior (1991), citando Rodrigues, mostram-nos um exemplo tirado das segundas partes de "A província" e "Teleguiado", este último composto nos anos 50 do século passado pelo maestro Toscano Filho,

---

[27] A requinta em mib é um instrumento da família das palhetas (sopros) cuja tessitura é mais aguda do que a clarineta.

ex-integrante da Banda do 21º Batalhão de Caçadores. Observe a utilização de improvisação das duas composições (a primeira é com a clarineta; a segunda, com a requinta):

Figura 30 – Trecho do dobrado "A província"

Fonte: Oliveira (1971)

Figura 31 – Trecho da marcha-frevo "Teleguiado"

Fonte: Oliveira (1971)

Muitos dos compositores da primeira e segunda geração, oriundos das bandas militares ou não, considerados ortodoxos por Rodrigues (s/d *apud* Silva; Souto Maior, 1991), mantêm a terminologia antiga — marcha-frevo —, entre eles: Levino Ferreira, Zumba, Ivanildo Maciel, Ivanildo Farael, Ademir Araújo, José Bartolomeu, Eugênio Fabrício, Miro de Oliveira, Alcides Leão e muitos outros compositores de Carnaval do Nordeste.

Figura 32 – Banda musical Novo Século, de 1914

Fonte: acervo da Banda Novo Século (2008)

Nas bandas seculares das cidades do interior de Pernambuco, aconteceu a formação inicial dos grandes maestros do frevo.

Os estudiosos do frevo, músicos e outros compositores, como Valdemar de Oliveira, Edson Rodrigues, Ademir Araújo, Nunes, descreveram as classes, os tipos ou as funções para o frevo de rua. Essa divisão ou modalidade é descrita no trabalho de Oliveira (1971) como frevo-ventania, tecido quase exclusivamente, pelo menos na introdução, por semicolcheias. Exemplo é o frevo "Tempestade", de Joaquim Wanderley:

Figura 33 – Exemplo 1 da modalidade frevo-ventania

Fonte: Oliveira (1971)

Na definição de Rodrigues (s/d *apud* Silva; Souto Maior, 1991[28], p. 34), ele é escrito numa "tonalidade mediana, *nem aguda nem baixa*", mas possuindo também "uma linha melódica bem movimentada, à base de semicolcheias". Uma observação importante de Rodrigues ainda é que: este é um tipo de frevo inadequado para se tocar na rua[29], pois é mais bem "utilizado nos salões dos clubes fechados". O exemplo dado por Rodrigues é um dos vários frevos de "Duda", dando destaque a "Nino, o pernambucaninho" [sic]:

Figura 34 – Exemplo 2 da modalidade frevo-ventania[30]

Fonte: Silva e Souto Maior (1991, p. 72)

No frevo-coqueiro, de melodia escrita em tessitura alta, sua introdução é feita geralmente de notas curtas. Diferentemente de Oliveira, Rodrigues considera essa modalidade uma variante do frevo abafo. Este frevo tem em sua característica uma melodia em notas rápidas em um registro agudo (daí a alusão ao coqueiro). Temos dois exemplos explanatórios que demonstram como a linha melódica se distancia do pentagrama:

---

[28] Doravante, esta será a fonte consultada e base da narrativa (N. do E.).
[29] Aqui estou considerando a época em que o autor escreveu o seu trabalho. Para o tempo presente, são poucas as orquestras que saem às ruas. Os blocos atuais utilizam, em sua maioria, os trios elétricos.
[30] Essa melodia não é do frevo "Nino, o pernambuquinho", como consta no trabalho de Edson Rodrigues (s/d *apud* Souto Maior e Silva, 1991). O fato é que o exemplo melódico confirma a terminologia adotada, ou seja, frevo ventania, mas trata-se de outro frevo, do maestro Duda, "Quinho no frevo", composto em 1970.

Figura 35 – Exemplo do frevo-coqueiro

Fonte: Souto Maior e Silva (1991)

Figura 36 – "Duda no frevo". Autor: Senival Bezerra do Nascimento (Senô)

Fonte: exemplo elaborado pelo autor (2008)

O frevo-abafo, de acordo com Rodrigues, é um frevo constituído de uma linha melódica maleável, leve, com passagens de notas mais ou menos longas, e também chamado por outros autores de frevo de encontro, pois, durante os desfiles de rua, ocasionalmente duas orquestras se encontravam num mesmo trajeto, provocando os históricos conflitos, prática que já caiu em desuso e vetada pelas autoridades policiais.

No trabalho de Waldemar de Oliveira, ele apresenta um exemplo desta modalidade, que contradiz as definições do maestro Edson Rodrigues. Apesar da sua justificativa de que esta classe de frevo é uma sobrecarga para os trompetes e trombones, pois estes necessitam de um grande esforço físico para "abafar" o adversário, no exemplo a seguir se percebe a contradição explicativa com as células melódicas do frevo "Freio de ar", de Paulo Ramos:

Figura 37 – "Freio de ar"

Fonte: Oliveira (1971)

O frevo "Fogão", de Alfredo Lisboa, talvez seja o mais representativo dos ditos frevos de encontro, pois a sua estrutura melódica, logo após sua introdução, é simples e apresenta uma sucessão de notas longas na forma descendente. Eis o exemplo:

Figura 38 – Trecho dos metais do frevo "Fogão"

Fonte: elaborada pelo autor (2008)

Edson Rodrigues ainda informa sobre uma ala de novos compositores empenhados na elaboração de outra modalidade de frevo. Uma mistura de todos os tipos de frevos citados anteriormente. Eles o denominam de frevo de salão. São composições com influências jazzísticas na harmonia e melodia.

Numa análise simples, essas nomenclaturas tendem mais para um propósito funcional do que exatamente para seguir um critério de estruturas e formas musicais na sua concepção melódica e harmônica. E essas funções vêm dialogar com os critérios adotados por Alan P. Merriam (1964) no seu trabalho de antropologia da música, afirmando que, para compreender o comportamento humano, só os fatos descritivos da música não são suficientes, já que é necessário ainda saber qual o significado que esta exerce sobre as pessoas.

Nesse universo de compositores de frevo de Recife, o compositor das troças e clubes carnavalescos José Nunes de Souza, mais conhecido por maestro Nunes, em entrevista cedida a Benck Filho, considera o seguinte:

> O frevo canção, embora cantado, é mais realizado nos salões de baile, por isso é considerado também como frevo de salão, a exemplo dos frevos de Capiba e Irmãos Valença, dentre outros. Já o frevo cantado é o cantado na rua pelos clubes, como Pitombeira dos 4 Cantos ou Elefante de Olinda. São frevos cantados. (Souza, 2007 *apud* Benck Filho, 2008, p. 35).

Ainda para Souza, fica compreendido que os critérios funcionais do frevo têm muito mais significado. Diante desse fato, o maestro faz a sua classificação de quatro classes de frevo de acordo com o tipo de desfile:

> [...] frevo de saída – frevo destinado à saída do clube desde a sua sede; frevo de encontro – destinado para quando houver encontro entre dois clubes; frevo de chegada ou frevo de evolução – destinado ao momento de passagem da agremiação em frente ao palanque dos juízes; frevo regresso – destinado ao retorno ou regresso do clube à sede ou para o término do desfile. (Souza, 2007 *apud* Benck Filho, 2008, p. 35).

Figura 39 – Orquestra de frevo pelas ruas do Recife durante o Carnaval

Fonte: FUNDAJ (c2008)

3.4.2 Frevo-canção

Ao contrário do que muitos pensam, o frevo-canção é tão antigo quanto o frevo de rua. Como vimos, segundo Leonardo Silva e Souto Maior (1991), o dobrado foi o embrião que deu origem ao frevo, que, por sua vez, já nasceu com letra. Conforme os autores, quando o 4º Batalhão (O Quarto) partiu em campanha da Guerra do Paraguai, em 1865, não mais se ouviu um dobrado intitulado "Banha cheirosa" pelas ruas do Recife. Lourenço da Fonseca Barbosa — Capiba — conseguiu, via informações recolhidas em Campina Grande, PB, reconstituir a partitura de sua melodia. A versão cantada do dobrado, com letra divulgada por Pereira da Costa em 1908 (*apud* Souto Maior e Silva, (1991 pág.196) teria a seguinte melodia:

Figura 40 – Trecho do dobrado "Banha cheirosa"

Fonte: Souto Maior e Silva (1991)

> *Quem quiser*
> *Comprar banha cheirosa*
> *Vá na casa*
> *Do Neco Barbosa*
> *Banha cheirosa*
> *Para o cabelo*
> *Banha de cheiro*
> *Pro corpo inteiro.*

Silva e Souto Maior (1991) dizem ainda que o maestro Francisco Correia de Castro, da Jazz Band Acadêmica, encontrou na cidade de Bom Jardim, PE, uma partitura datada de 1873 da marcha "O homem da madrugada" daquele município. Atesta ele que a segunda parte da melodia é totalmente igual à Marcha nº 1 do Clube Vassourinhas, composta por Matias da Rocha, cujos primeiros versos foram adaptados da modinha popular de origem portuguesa e que hoje poderia ser classificada como frevo-canção.

Júlio Vila Nova (2007) lembra que o frevo-canção é originalmente marcado por um importante dado sócio-histórico, que é a vinculação às primeiras agremiações carnavalescas do Recife. Na história do Carnaval pernambucano, havia os clubes de crítica e alegorias, representados pela nata da burguesia, e, do outro lado, os clubes pedestres, que eram formados por diferentes categorias de trabalhadores: lenhadores, caiadores, vassourinhas, entre outros. Rita Araújo explica que essas agremiações ajudavam a reproduzir no Carnaval as divisões sociais da cidade, já a partir da década de 1870:

> Eram esses indivíduos, senhores das artes e das letras, participantes da vida pública e cidadãos plenos e ativos, que emprestavam suas vozes aos mascarados finos e espirituosos. Mais que uma brincadeira de adultos [...] função social que era a de distinguir e a de afirmar a diferença existente entre o modo de vida da elite e o das camadas populares. (Araújo, 1996, p. 266).

No trabalho de Vila Nova, vejamos a sua observação:

> Sobre as letras do Frevo-Canção, constatamos em sua feição narrativa e descritiva uma característica típica de um gênero literário muitas vezes considerado de menor grandeza, mas de reconhecida importância no panorama de nossas letras: a crônica. Geralmente definida como registro de fatos e impressões quotidianas, e historicamente vinculada ao jornal como seu veículo de propagação, a crônica é tida como gênero mais acessível aos leitores, se comparada a outros gêneros da esfera jornalística ou da própria Literatura (Vila Nova, 2007, s/p).

É compreensível essa abordagem sobre os aspectos literários do frevo-canção, pois as diversas composições dessa modalidade estão repletas de discursos românticos, a exemplo de composições de Nelson Ferreira, Capiba, entre os mais consagrados, e canções com letras que avançam no discurso da vida sociocultural brasileira ou frevos-canção com abordagens sobre as mazelas da corrupção política, alvo preferido nos tempos atuais.

Com razão, tomemos como exemplo a marcha que participou de um concurso bastante discutido em 1929, tendo como participantes os irmãos Valença[31] e sua "Mulata" (transformada em "O teu cabelo não nega" depois de uma parceria um tanto forçada com Lamartine Babo). Essa canção reproduz, no entanto, um discurso típico racista (*"mas como a cor não pega mulata, mulata eu quero o teu amor!"*).

---

[31] Ruy Duarte (1968, p. 59), em *História social do frevo de 1968*, conta em detalhes o que aconteceu naquele concurso.

Figura 41 – "O teu cabelo não nega", marcha carnavalesca de Lamartine Babo

Fonte: elaborada pelo autor (2008)

3.4.3 Frevo de bloco

O frevo de bloco é a música das agremiações tradicionalmente denominadas Blocos Carnavalescos Mistos (BCMs), cujo aparecimento no cenário do Carnaval pernambucano registra um interessante dado sociológico: o início da efetiva participação da mulher (sobretudo da classe média) na folia de rua do Recife. Segundo Leonardo Silva e Souto Maior (1991, p. 201), no frevo de bloco "está a melhor parte da poesia do carnaval pernambucano, diante do misto de saudade e evocação que contém as letras e nas melodias de grande parte de suas estrofes". O frevo de bloco, na sua denominação, é o resultado de influências de antigas corporações, como as manifestações natalinas do Pastoril e dos Ranchos de Reis, além da música dos saraus e das serenatas promovidas pelas famílias dos bairros de São José, Santo Antônio e Boa Vista.

Em princípios do século XX, o frevo de bloco configurou-se como música de caráter sentimental, profundamente lírico. É importante que se evite a interpretação errônea do que é um bloco aqui no Nordeste em relação aos denominados blocos da região Sudeste, quando Katarina Real (1990, p. 48) afirma que,

> [...] no Rio de Janeiro, por exemplo, um bloco é hoje um conjunto de foliões que sai com batucada, grupos improvisados, mascarados muitas vezes maltrapilhos, sem sede, sem enredo, sem dinheiro, nem glória, mas carnavalescos a valer [...].

No Recife, os blocos são semelhantes às marchas-rancho do Rio de Janeiro, pois foram uma das muitas influências recebidas por esses grupos. Katarina Real não o informa com absoluta certeza, mas o primeiro bloco que surgiu no Carnaval do Recife em 1920 parece ter sido o Bloco Batutas de Boa Vista. Em 1923, surge o Bloco da Saudade, fundado por Edgar Moraes.

Nota-se que, em sua relação dos blocos antigos, Katarina não menciona o Bloco da Saudade no seu trabalho sobre o folclore no Recife, tendo na sua relação como mais antigos os seguintes blocos:

Quadro 1 – Blocos do Recife

Agremiação	Ano de fundação
Banhistas do Pina	1932
Batutas de São José	1932
Diversional da Torre	1950
Flor da Lyra	1930
Inocentes do Rosarinho	1926
Madeiras do Rosarinho	1926
Rebelde Imperial	1941

Fonte: adaptado de Real (1990)

A formação da orquestra de bloco é bem diferente do frevo de rua. Como vimos, ao receber influências de outras manifestações, sua instrumentação é basicamente constituída de instrumentos de pau e corda. Um detalhe importante para a compreensão dessa formação é apresentado por José Teles, no que diz respeito a esse contexto sociocultural específico dos praticantes do bloco:

> Às mães de "família" era permitido brincar o então chamado tríduo momesco em blocos com cordões de isolamento, acompanhadas por pais, irmãos, e não se largavam ao ritmo do frevo rasgado. (Teles, 2000, p. 50).

O acompanhamento é feito por uma orquestra de pau e corda, e as letras são cantadas por um coro feminino, de vozes originais, ou seja, sem a base escolástica dos conservatórios. Essa formação compreende os seguintes instrumentos:

Quadro 2 – Formação da banda do frevo de bloco

8 violões	3 banjos	2 cavaquinhos	1 flauta	violinos
1 clarineta	2 pandeiros	1 tarol	1 surdo	1 reco-reco

Fonte: Real (1967)

Atualmente essa formação já recebe instrumentos da família dos metais e sopros, geralmente um trompete, um trombone, um ou dois saxofones e tuba.

Renato Phaelante da Câmara, pesquisador, produtor, ator, locutor e coordenador da Divisão de Fonoteca da Fundação Joaquim Nabuco (FUNDAJ), relata a importância de dois irmãos que contribuíram de forma exemplar aos blocos mais famosos que fazem parte da história dos Carnavais de Pernambuco. Leia a síntese de Câmara:

> Mesmo que o frevo de bloco só tenha vindo a ser reconhecido no Brasil, a partir de 1957, com o frevo de bloco de Nelson Ferreira, intitulado, Evocação nº 1, há que se reconhecer que entre os maiores compositores de frevo de bloco estão Os Irmãos Moraes – Raul e Edgard. (Câmara, 2007, p. 23).

De fato, ainda que Evocação n.º 1 de Nelson Ferreira tenha alcançado essa projeção nacional (até mesmo o próprio Câmara descreve outros méritos do compositor no seu livro *100 anos de frevo*), as composições de Edgard e Raul já eram famosas desde os anos 30 no Recife. Com a morte de Raul Moraes, Edgard continuou compondo suas músicas sem alterar o estilo que consagrou a dupla. Câmara define a composição "Valores do passado", de 1962, como "uma das composições que marcam a história deste ritmo pernambucano, resgatando, em sua letra, 24 blocos que já desapareceram do Carnaval do Recife" (Câmara, 2007, p. 23). Observe a letra e em seguida a melodia:

> Bloco das Flores, Andaluzas, Cartomantes,
> Camponeses, Apôs Fum e o bloco Um dia Só.
> Os Corações Futuristas, Bobos em Folia
> Pirilampos de Tejipió!
> A Flor da Magnólia, Lira do Charmion, Sem Rival,
> Jacarandá, a Madeira da Fé, Crisântemo,
> Se Tem Bote e Um dia de Carnaval.
> Pavão Dourado, Camelo de Ouro e Bebé,
> Os Queridos Batutas de São José.
> Príncipe dos Príncipes brilhou,
> Lira da Noite, também vibrou
> E o Bloco da Saudade
> Assim recorda
> Tudo o que passou.
> (Câmara, 2007, p. 23).

Figura 42 – Partitura do frevo de bloco "Valores do passado"

Fonte: elaborada pelo autor (2008)

Note-se que é uma característica dos frevos de bloco essa chamada do apito antes do acorde da orquestra, no primeiro compasso. Apesar de procurar nos trabalhos de vários pesquisadores informações complementares a esse respeito, não foram encontradas respostas explicativas para esse elemento característico.

3.4.4 Frevo eletrizado

Essa modalidade de frevo é a única que não nasceu em Pernambuco, mas em outro estado — a Bahia.

José Teles conta com mais detalhes essa influência pernambucana no Carnaval baiano quando cita o trabalho do jornalista e historiador Leonardo Dantas, no ensaio "Elementos para a história social do carnaval do Recife". Em 1951[32], o Clube Carnavalesco Misto Vassourinhas, numa excursão para o Rio de Janeiro, levou 65 músicos sob a regência do tenente João Cícero, no navio Lloyd Brasileiro, a fim de mostrar a sua Marcha n.º 1, a famosa "Vassourinhas", para os cariocas. Teles deixa a narrativa por conta de Silva com as seguintes linhas:

> Passando por Salvador, cidade bucólica, que ainda via os carnavais com as famílias povoando de cadeiras as calçadas da Avenida Sete de Setembro, o Vassourinhas foi convidado a fazer uma apresentação. O clube desceu completo as escadas do navio, seu rico estandarte alçado ao vento, morcegos abrindo a multidão (passistas, que desfilavam na frente dos blocos, abrindo espaço, fazendo o passo com braços abertos), balizas puxando dois cordões, diretoria vestida a rigor, damas de frente e fantasias de destaque, tudo ao som de uma fanfarra de 65 músicos que, com seus metais em brasa, viriam naquele momento revolucionar a própria história da música popular brasileira. Ao ingressar na Avenida Sete de Setembro, ao som de sua "Marcha nº 1", a rua tomou-se de delírio; no repertório da fanfarra outros frevos se seguiram, especialmente compostos para aquelas apresentações: "Vassourinhas do Rio", de Carnera; "Vassourinhas está no Rio", de Levino Ferreira[,] e "Um Pernambucano no Rio", de Capiba, que só viriam a ser gravados em anos posteriores. (Silva, 1991 *apud* Teles, 2000, p. 28).

O frevo deixou assim a sua semente, que brotou de uma forma rápida.

Um mês mais tarde, a "dupla elétrica" formada por Adolfo Antonio Nascimento (o Dodô) e Osmar Álvares Macedo (o Osmar), resolveu restaurar um velho Ford Bigode 1929 (a "velha fobica", citada por Moraes Moreira no frevo "Vassoura elétrica", de 1980), e, munidos de dois instrumentos, cavaquinho e violão elétrico, saíram às ruas tocando seus "paus elétricos" em cima do carro e com o som ampliado por alto-falantes. Depois, a "dupla elétrica"

---

[32] Conforme Teles (2000), os baianos dão essa data como 1950, tanto que o cinquentenário do trio foi comemorado no ano 2000.

convidou o amigo e músico-arquiteto Temístocles Aragão para integrar o trio e tocar nas ruas de Salvador numa picape Chrysler, em cujas laterais lia-se, em duas placas: "O trio elétrico". Osmar tocava a famosa "guitarra baiana", de som agudo; Dodô era responsável pelo "violão-pau-elétrico", de som grave; e Aragão, pelo "triolim", como era conhecido o violão tenor, de som médio. Estava formado o trio musical[33].

Esse acontecimento histórico ficou reverenciado nos versos do frevo de Moraes Moreira:

> *Varre, varre Vassourinhas/Varreu um dia as ruas da Bahia/Frevo, chuva de frevo e sombrinhas/Metais em brasa, brasa, brasa que ardia/Varre, varre, Vassourinhas/Varreu um dia as ruas da Bahia/ Abriu alas e caminho pra depois passar/O trio de Armandinho, Dodô e Osmar.*

Já em 1959, foi a vez do trio de Dodô e Osmar participar do Carnaval pernambucano. Conforme Teles (2000), o trio era totalmente desconhecido fora das fronteiras baianas, a tal ponto que o jornal *Diário de Pernambuco* anuncia no dia 3 de fevereiro de 1959 a seguinte nota: "Trem elétrico [sic] da Coca-Cola, com impressionante conjunto musical, se apresenta pela primeira vez em Pernambuco" (Teles, 2000, p. 30).

Umas quatro décadas depois, essa "invasão" do frevo plugado pelas ruas do Recife foi inicialmente vista com certa simpatia pelo povo recifense, desfilando pela avenida principal do bairro de Boa Viagem. A denominação de trio elétrico mantém-se, mas agora é constituído por mais de 20 pessoas, que se distribuem entre a parte técnica e cênica, com cantores, músicos e bailarinos. O que era uma "fobica" se transformou em um carro alegórico, com aproximadamente 1.500 quilos de chapa para armar a carroceria, 25 lâmpadas fluorescentes e 10 projetores de som de 25 polegadas e 1 grupo gerador para fornecer energia para o conjunto, aproximadamente com 150 mil watts de potência.

3.4.5 Frevo-dança

Como vimos na origem do frevo, vários elementos, complementares e básicos, foram utilizados nele; quando as orquestras se cruzavam, seus instrumentos serviam como armas no combate corpo a corpo. Ruy Duarte

---

[33] Há uma controvérsia nas informações prestadas por José Teles com as encontradas no livro *Evoé*: *história do Carnaval*, de Claudia Lima. Neste, a autora descreve que o trio elétrico acompanhou o cortejo pernambucano no mesmo dia da apresentação do Clube Vassourinhas.

comenta que em 1905, o ano que foi lançado o frevo "A província", sempre à frente das bandas (mais tarde, as orquestras) vinham os capoeiristas se exibindo e intimidando seus adversários. A partir de 1906, a polícia começa a agir com mais rigor e determina a proibição da prática da capoeira, que vigorou até 1911. Segundo Duarte, foi durante a vigência da proibição que surgiu o nome "Frevo" e a dança correspondente (Duarte, 1968, p. 45).

Para fugir da fiscalização da polícia, os capoeiristas passaram a camuflar seus passos, criando uma coreografia. "E a nova coreografia, praticada pela massa, se abaixando e se levantando, pulando dum lado para o outro, vista de longe no seu conjunto, dava a nítida impressão de ebulição" (Duarte, 1968, p. 45). E tudo isso resultava numa espécie de efervescência, fervura, daí em frevo: corruptela de "ferver", com a troca do "r" pelo "e", e essa nova palavra geraria ainda para mais variáveis possíveis: frevança, frevolência, frevolente, frevioca!

Waldemar de Oliveira (1971), pelo que consta dos relatos de estudiosos, foi o pioneiro a registrar uma relação que aponta os 14 passos fundamentais, entre os quais citarei os cinco mais conhecidos:

Tesoura: Passo cruzado com pequenas mudanças de direção ora para direita, ora para esquerda. Pequeno pulo, pernas semiflexionadas, a tradicional sombrinha segura por uma das mãos e os braços flexionados para os lados;

Dobradiça: As pernas ficam flexionadas, os joelhos para frente e o apoio do corpo nas pontas dos pés. Nesse movimento, percebe-se que o corpo do passista executa várias mudanças de movimento e equilíbrio, o corpo é jogado para frente e para trás, com o auxílio da sombrinha numa das mãos, subindo e descendo;

Parafuso: As pernas ficam flexionadas em forma de tesoura, é um movimento rápido executado pelo passista levantando e abaixando o corpo, dando a impressão de um giro do parafuso. Usa-se a ponta dos pés para a execução do passo;

Locomotiva: O corpo do passista fica agachado; e os braços, abertos para frente, realizando movimentos circulares com a sombrinha numa das mãos. São aplicados pequenos pulos impulsionando o corpo para executar um movimento alternado de encolher e estirar as pernas;

Segura-senão-eu-caio: O passista projeta o seu corpo para os dois calcanhares alternadamente, retornando à meia-ponta. Ao passo que o movimento se repete e acelera, o corpo balança-se para os lados, dando a impressão de que vai cair.

O próximo capítulo inicia com o relato histórico e cultural do bairro de São José, além de discutir as influências que fizeram a orquestra de frevo se adaptar à nova realidade dos Carnavais de hoje no Recife, com os trios elétricos, além das mudanças no percurso e tempo do desfile do Galo da Madrugada.

4

O CLUBE DAS MÁSCARAS GALO DA MADRUGADA

Figura 43 – O Galo na ponte Duarte Coelho

Fonte: Helia Scheppa JC, 2008

4.1 Considerações iniciais

Este capítulo se destina a fazer um percurso histórico do bairro de São José, reduto do Galo da Madrugada, desde seus primórdios até os dias de hoje. Localizado no centro do Recife, o São José abriga milhares de pessoas, sendo palco e trajeto do desfile do Galo no sábado de zé-pereira, abrindo o Carnaval da capital pernambucana. A fim de se ter uma visão mais precisa desse local optou-se por inserir no capítulo um item que trata da história cultural do bairro, fazendo uma retrospectiva do Galo da Madrugada, enfocando seu surgimento, contextualização e temas dos desfiles. Conta ainda com a análise das inovações nas orquestras de frevo, de seu repertório, do hino do Galo e, por fim, da entrada dos trios elétricos no desfile do clube.

As informações sobre a retrospectiva dos desfiles só foram possíveis devido às informações colhidas na sede do Galo e no acervo da Fundação Joaquim Nabuco, por meio do setor de Microfilmagem, que abriga exemplares dos jornais, que, como já discutido neste trabalho, ainda são o meio de divulgação mais utilizado.

4.2 História cultural do bairro de São José

No passado, o bairro de São José representava a "cidade maurícea"[34], com o bairro de Santo Antônio, antiga Ilha de Marcos André.

Cavalcanti ressalta, citando Berguedof, que apenas com a promulgação, em 2 de maio de 1844, da Lei Provincial 132, foram desmembrados os bairros de Santo Antônio e de São José, sendo este assim delimitado:

> Ao norte com a freguesia de Santo Antônio pelo Largo do Mercado ou da Penha, Rua da Assunção, Travessas do Carvalho e do Sirigado, Rua Direita pelo lado ocidental, daquela Travessa até encontrar a Rua Tobias Barreto (antigo Beco dos Sete Pecados Mortais) por esta seguindo até a praça da Estação Central (hoje Visconde de Mauá) sendo da freguesia todos os pontos dessa linha;
> À Leste, com o mar;
> Ao Sul a freguesia de Afogados, da qual se separa pelo Rio Capibaribe e;
> À Oeste, com a freguesia da Boa Vista. (Cavalcanti, 1998, p. 97).

Matos (1997, p. 16) declara que o bairro era como uma "nação independente, a de São José. Uma grande família de sotaque idêntico e arengas bairristas". Cavalcanti (1998), que o local, no passado, era propriedade do colono conhecido por Marcos André; depois passou a ser do Sr. Ambrósio Machado, proprietário do Engenho Cordeiro, onde foi construído pelos holandeses o Forte Frederich Hendrick, mais conhecido por Forte das Cinco Pontas, tendo por finalidade a proteção das águas das cacimbas nelas localizadas e conhecidas como as Cacimbas do Ambrósio.

Com o passar dos anos, o local recebeu inúmeros aterros e um número cada vez maior de moradores. Data de 7 de setembro de 1875 a inauguração do Mercado de São José, antiga Ribeira do Peixe, época em que muitos se instalaram na localidade.

Segundo Cavalcanti, a localidade conservou suas características de bairro residencial até a década de 60 do século passado. Não faltavam festejos populares, principalmente no período carnavalesco, nas festas juninas e nas comemorações de fim de ano. A conhecida Rua da Concórdia, principal trajeto do Galo, era constituída, em quase toda sua extensão, por casas marcadas por porta e janela, com fachadas decoradas com azulejos portugueses e franceses. A bucólica imagem de famílias com cadeiras nas

---

[34] Alusão feita a Maurício de Nassau.

calçadas em animadas conversas, encontros de namorados, crianças brincando na rua, famosas serestas à luz da lua hoje se depara com a violência urbana, com a televisão e a internet. Matos (1997, p. 22) relembra, saudoso, que no bairro "proliferavam as associações culturais, naqueles tempos sem televisão e computador".

Destaca-se que foi no bairro de São José, na Rua Direita, que Antonino José de Miranda Falcão, humildemente, montou uma tipografia e em 1825 fundou o Diário de Pernambuco.

Cavalcanti (1998), mais uma vez citando Berguedof, destaca a importância do maestro Nelson Ferreira, nome que não se pode separar da Rua da Concórdia, na qual se apresentava ao piano, com suas valsas e as de Alfredo Gama. Então se disputava um espaço nas calçadas estreitas ocupadas pela turma que compunha o Sereno (curiosos e não convidados que concorriam entre si junto ao dono da casa para ter acesso à festa). Na Rua da Concórdia, os folguedos populares eram mais autênticos, pois nela passavam os blocos e clubes, com suas exuberantes fantasias e suas orquestras, a exemplo de: Bloco das Flores, Pirilampos, Clube Vassourinhas, das Pás Douradas, Lenhadores, Apois Fum e, encerrando o trajeto, Bloco Batutas de São José.

Como diz Matos, "falar do bairro é lembrar o Carnaval". O autor ressalta a importância dos clubes de frevo, que arrastavam multidões e acolhiam os participantes nas casas das famílias que ali moravam. "Os clarins arrebentavam as vidraças dos sobrados com sua estridência metálica" (Matos, 1997, p. 13, 18).

O Corso, formado por carros ornamentais, nos quais desfilavam os jovens que promoviam as batalhas de confetes, não se inibia em ocupar o mesmo espaço dos blocos.

Conta a história do bairro que a Rua da Concórdia se chamava inicialmente Rua do Fernandes, em homenagem ao ourives José Fernandes, construtor das primeiras casas. Já o carpinteiro Manoel José, responsável pela edificação de novas casas, reivindicou o direito de dar seu nome à rua. O impasse da discussão chegou à Câmara Municipal para uma decisão, que dividia opiniões. Diante do clima de discórdia, o presidente da Câmara propôs uma solução conciliatória, dando o nome de Rua da Concórdia.

Assim, a Rua da Concórdia tremulava ao som dos saraus familiares, das reuniões dançantes ao som de piano, que era interrompido pela chamada "hora de arte", na qual se declamavam versos. Matos (1997, p. 15) relembra os "famosos maestros, compositores, intérpretes e passistas" que no bairro "desabrochariam para honrar nossa arte e cultura". No entanto, deixando de ser residencial, com a chegada do comércio à rua, seus velhos moradores saíram de cena. Nos dias de hoje, no bairro de São José, próximo à área em que existiam as Cacimbas de Ambrósio Machado, foi erguido pelos holandeses o Forte das Cinco Pontas.

Quando Pernambuco estava sob o domínio dos holandeses, os invasores necessitavam de água potável para sua sobrevivência, pois estavam isolados pela península do Recife até a ilha de Santo Antônio. Dessa forma, não poderiam avançar pelo continente, e consequentemente só dispunham de água do mar. Assim, essa necessidade justificou a construção do Forte Frederich Hendrik, conhecido como Forte das Cacimbas ou de Santiago e, mais tarde, Forte das Cinco Pontas[35]. Hoje acomoda as instalações do Museu da Cidade do Recife.

4.2.1 Passeando pelo bairro de São José

Conforme Cavalcanti (1998), o bairro de São José possui vários pontos turísticos, dos quais podemos destacar: Museu da Cidade do Recife, Monumento a Frei Caneca, Igreja de São José, Obelisco da Praça do Pirulito, Igreja de São José de Ribamar, Pátio de São Pedro, Museu de Arte Popular, Casa da Cultura, Mercado de São José, Praça Dom Vital, Basílica da Penha, Cinema Glória, Igreja de Nossa Senhora do Terço, Terminal de Santa Rita, Estação e Museu do Trem. Vejamos cada um deles.

Como visto no item anterior, o Forte das Cinco Pontas foi construído pelos holandeses, e posteriormente nele se instalou o Museu da Cidade do Recife, desde 1982. Seu acervo é constituído de "mapas originais, réplicas de projetos holandeses, portugueses e ingleses", rica fonte de informações sobre o sistema de drenagem das edificações do Recife, naquela época. Acolhe ainda obras de valor histórico incalculável, como os "azulejos, cerâmicas, telhas, fotos, gravuras, bem como a porta principal da Igreja dos Martírios demolida em 1971 para a passagem da Av. Dantas Barreto" (Cavalcanti, 1998, p. 100).

O Monumento a Frei Caneca, como o próprio nome indica, foi erguido em homenagem ao Frei Joaquim do Amor Divino Caneca, republicano de 1817, principal personagem da Confederação do Equador em 1824. Assim, o povo de Pernambuco fez sua homenagem a um dos maiores revolucionários brasileiros atuando de forma contundente na Revolução Pernambucana de

---

[35] Quando construído, apresentava suas cinco pontas, mas, após várias reformas, passou a dispor apenas de quatro. Continua, no entanto, sendo assim conhecido: Forte das Cinco Pontas.

1817. Sua participação ativa em todas as fases da Confederação do Equador ficou marcada "Nos Jornais, Nas Ruas, Nos Púlpitos, Nas Batalhas, No Calabouço, No Patíbulo e, finalmente, no Paredão" (Cavalcanti, 1998, p. 101).

A Igreja de São José, seu padroeiro, deu origem ao nome do bairro. A Paróquia de São José, no entanto, já havia sido criada em 1844, fruto do desmembramento da Paróquia de Santo Antônio. A Igreja de São José levou mais de um século para ser construída, e até então sua paróquia ficou instalada provisoriamente na Igreja de Nossa Senhora do Terço.

O famoso Obelisco, que hoje poucos sabem tratar-se do Obelisco da Praça do Pirulito, mede cerca de 6 metros. Cavalcanti (1998, p. 102) destaca um equívoco quanto aos dizeres inscritos no obelisco: segundo historiadores, havia no passado a informação de que "Nas imediações desse local ficava a porta sul da Cidade Maurícia, onde a XXVII-I-MDCLIV, o General Francisco Barreto de Menezes, recebeu os invasores capitulados na véspera as chaves do Recife". Segundo o autor, o equívoco está no local apontado pelos dizeres, sendo o correto outro local, mais ao norte.

O povo pernambucano sempre demonstrou muita devoção aos santos católicos, tanto que no mesmo bairro existem várias igrejas, sendo duas erguidas a São José, a que acabamos de citar e a de São José do Ribamar. Por trás da antiga estação rodoviária e próximo ao cais de Santa Rita, esta igreja foi construída pelos artífices da cidade para abrigar seu padroeiro, no local que era conhecido na época por "Bairro de Baixo" ou "Fora de Portas de Santo Antônio" (Cavalcanti, 1998, p. 402). O historiador Vanildo Bezerra Cavalcanti afirma que:

> [...] foi graças a ela que tiveram os seus construtores o apoio do Governador D. Tomás José de Melo, apoio esse que motivou o estratagema de se mandar buscar os ferros deixados ou perdidos pelos navios, no nosso ancoradouro e posto em leilão, em benefício das obras da igreja, limparam assim o Porto e ajudaram a construção do templo. (Cavalcanti, 1989 *apud* Cavalcanti, 1998, p. 97-111).

Concretizou-se o desejo de seus fiéis. Assim, Recife conta com duas igrejas erguidas a São José, nome do bairro onde se situa o famoso e festivo Pátio de São Pedro.

Pode-se dizer que a Igreja de São Pedro dos Clérigos, hoje Catedral Arquidiocesana, salvou o Pátio de São Pedro do comércio e da indústria e das devastações urbanísticas iniciadas com a demolição do Arco do Bom

Jesus em meados do século XX. Situado no meio da Rua das Águas Verdes, foi comprado pela irmandade de São Pedro em 1719, e hoje é um dos pontos mais movimentados da cidade.

Figura 44 – Pátio de São Pedro

Fonte: site da Prefeirura do Recife[36]

Circundado por um casario colonial numa pequena praça colonial, transformou-se em centro turístico na década de 60 e então, até os dias de hoje, funcionam bares, restaurantes, lojas de produtos típicos etc.

Desse movimento artístico, em épocas especiais, como festejos juninos, natalinos e carnavalescos, nasceu o Museu de Arte Popular. Por aquisição pelo governo estadual das obras de arte do mestre Vitalino, foi criado o museu, evitando-se que essas obras se perdessem no tempo. Dessa forma, em 27 de julho de 1986, foi inaugurada mais essa casa cultural do bairro.

À semelhança do Museu, há ainda a Casa da Cultura, instalada na antiga Casa de Detenção, que foi construída em 1850 e inaugurada em 1855, muito embora só concluída a obra em 1867. De belos traços arquitetônicos, abriga em suas celas cerca de 120 lojas de artesanato, galerias de antiquários, restaurantes, lanchonetes etc., desde março de 1973, quando a casa de detenção foi desativada. "Idéia brilhante e corajosa, essa de transformar o presídio central em Casa da Cultura, ponto de atração turística" (Matos, 1997, p. 42).

---

[36] Disponível em: https://www2.recife.pe.gov.br/noticias/22/08/2022/prefeitura-do-recife-reforca-programacao-cultural-no-patio-de-sao-pedro.

Figura 45 – Casa da Cultura

Fonte: Recife (c2008)

Completando esse cenário de cultura e arte, encontramos o Mercado de São José, "espécie de coração do bairro, seu símbolo maior" (Matos, 1997, p. 45), construído na metade do século XIX pela prefeitura municipal. Sua estrutura de ferro, desenhada pelo engenheiro francês J. L. Victor Leuthier, ergue-se na antiga Ribeira do peixe, fronteira com o Convento da Penha. Ocupa uma área de 3.500 m², formada por pavilhões que abrigam compartimentos para comércio de diversos produtos regionais e ainda boxes para venda de comidas típicas, peixes e outros produtos da culinária regional.

Figura 46 – Mercado de São José

Fonte: Recife (c2008)

Bem próximo ao mercado, em homenagem ao arcebispo de Olinda e Recife e principal personagem na disputa religiosa com o Segundo Império, surge a Praça Dom Vital. Comumente chamada de "Praça do Mercado", devido à proximidade com o Mercado de São José, ocupa-se diariamente com os mais folclóricos personagens da história pernambucana, a exemplo dos repentistas, fotógrafos lambe-lambe e pessoas de todos os locais que visitam o estado em busca de produtos e das atrações da região.

É nela que repousam a Basílica da Penha e o Cinema Glória. A basílica, construída em um terreno doado por Melchior Álvares e sua esposa, Joana Bezerra em 1656, somado às doações dos devotos e dos frades capuchinhos franceses, foi construída com o convento dos frades. Fato que se destaca nessa obra arquitetônica é diferenciar-se das demais vistas até agora por seguir o estilo da ordem artística coríntia[37].

Diante da grande devoção à Virgem da Penha, sentiu-se a necessidade de aumentar o templo. A reforma foi inspirada na Basílica de Santa Maria Maior de Roma, conservando o estilo coríntio.

Figura 47 – Basílica da Penha

Fonte: Recife (c2008)

---
[37] Relativo à cidade de Corinto, na Grécia.

O famoso Cinema Glória, conhecido por suas sessões da tarde, era praticamente frequentado pelos usuários do Mercado de São José e da Praça Dom Vital. Inaugurado em 4 de setembro de 1926, exibindo o filme *Flores, Mulheres e Perfumes*, está localizado na Rua Direita com frente para a Praça Dom Vital. Devido a sua importância na história do bairro, foi tombado pelo Patrimônio Histórico Estadual pelo Decreto 8.443, de 28 de fevereiro de 1983.

No Pátio do Terço, encontramos a Igreja de Nossa Senhora do Terço, em um local onde existia apenas um nicho com a imagem de Nossa Senhora, diante da qual viajantes da Vila do Recife se ajoelhavam para rezar um terço agradecendo a proteção da Virgem Maria por seu retorno seguro. Foi nesse local, onde posteriormente foi criada a igreja, que se realizou o ato de exaustão do caráter religioso do Frei Caneca.

Já no fim de nossa rota turística, chegamos ao Terminal de Santa Rita, ou Estação de Santa Rita, primeiro terminal rodoviário do Recife, construído em 1952 por Leopoldo Casado, nobre comerciante e desportista da época. Devido a sua localização na cercania do polo comercial, recebia muitos viajantes de outros centros urbanos e do interior nordestino, que comercializavam principalmente miudezas. Em 1986, foi desativado, com a inauguração do Terminal Integrado de Passageiros (TIP), e hoje abriga a Empresa de Transportes Urbanos e um batalhão da Polícia Militar, responsável pela segurança do bairro.

Da mesma época do Terminal de Santa Rita é a Estação Central. Inaugurada em 1888, o prédio, imponente, localiza-se na Praça Visconde de Mauá e nele funciona o Museu do Trem, criado em 25 de outubro de 1972 para marcar a passagem da administração inglesa por Pernambuco, representada pela Great Western of Brazil Raiway Company, que Cavalcanti afirma ser "um marco histórico do ferroviarismo brasileiro e de grande influência no desenvolvimento regional". De fato, até os dias de hoje, encontramos nas ruas do bairro os trilhos que cortam toda a cidade do Recife. Hoje o museu abriga cerca de 400 peças históricas "e faz parte de um dos maiores complexos museológicos da América Latina" (Cavalcanti, 1998, p. 111).

Figura 48 – Estação Central

Fonte: Recife (c2008)

Citando Barbosa Vianna, Cavalcanti aponta as diversas sociedades recreativas do bairro, destacando a Recreativa Juventude, com sua sede no Pátio de São Pedro. O bairro é, sem sombra de dúvidas, famoso por sua característica festiva, principalmente no Carnaval, quando se destaca o "insuperável Galo da Madrugada" (Cavalcanti, 1998, p. 111).

4.2.2 O bairro de São José nos dias de hoje

No item anterior, fizemos a descrição histórica e cultural do bairro de São José. Agora, descrevemos o cenário atual, diante das mudanças sociais e culturais. Afinal, todas as influências recebidas no decorrer do tempo transformaram o bairro e seus moradores, sendo poucos os que ainda se lembram dos tempos de outrora, das cadeiras nas calçadas, da conversa no cair da tarde e das noites de saraus ao som do piano, das crianças brincando e dos encontros de namorados.

De acordo com Matos, "quase ninguém mora mais em São José. Todo mundo trabalha, vive ou sobrevive em São José", hoje um bairro múltiplo, a república soberana de São José, eterno território sem fronteiras (Matos, 1997, p. 12).

Para identificarmos essas mudanças, foi aplicado um questionário semiestruturado que, após tabulação dos resultados, traz os resultados que são analisados a seguir. Essa consulta recebeu tratamento estatístico, conforme descrito no início deste capítulo, sendo caracterizado por uma amostra não probabilística por conveniência.

Os moradores do bairro foram selecionados de acordo com as possibilidades de adesão, ou seja, optou-se por aqueles que se comprometeram em colaborar com este trabalho de releitura da história do Carnaval pernambucano, à luz dos estudos da etnomusicologia e da importância de serem relatadas as características que se modificaram com o tempo; agregadas a estas, as mudanças no próprio frevo pernambucano com a inserção dos trios elétricos, na paisagem que outrora era disputada pelos foliões que acompanhavam os músicos pedestres.

A amostra está composta pelos 13 sujeitos que responderam a um questionário composto por três grupos de questões, que vão desde a faixa etária até as mudanças estruturais identificadas no desfile do Galo da Madrugada. Para não sejam identificados os sujeitos que participaram da pesquisa, os questionários foram numerados de 1 a 13, sendo nomeados apenas pela letra "S" seguida de seu respectivo número, e assim foram tratados em todas as análises.

No Gráfico 1, a seguir, mostra-se a composição etária da amostra.

Gráfico 1 – Faixa etária

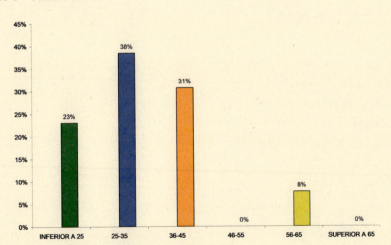

Fonte: elaborado pelo autor (2008)

Observamos que a idade dos que responderam à pesquisa está, em sua maioria, na faixa dos 25 aos 35 anos, sendo seguida pela faixa dos 36 aos 45. Esse fato indica que os antigos moradores do bairro não mais lá se encontram, provavelmente devido à chegada do comércio, tirando as características iniciais do bairro.

Quando buscamos saber se havia participação nas festividades do bairro, 85%, conforme gráfico 2, responderam que participavam de outros blocos além do Galo da Madrugada, a exemplo do Bloco Pierrot de São José.

Gráfico 2 – Participação nas festividades do bairro

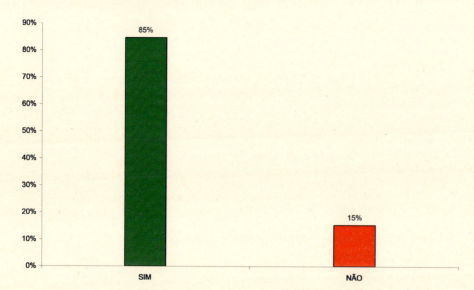

Fonte: elaborado pelo autor (2008)

No entanto, ao se consultar sobre a participação dos moradores na organização do desfile do Galo da Madrugada, apenas 31% afirmaram contribuir, de alguma forma, nos então 30 anos de existência do clube de máscaras, conforme atesta o Gráfico 3.

Gráfico 3 – Participação dos moradores na organização do desfile do Galo

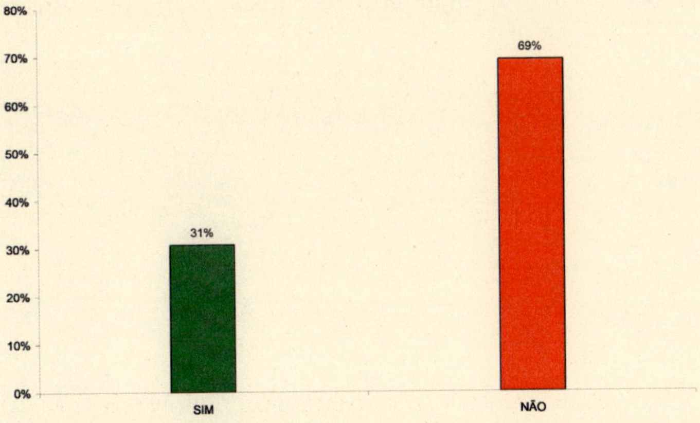

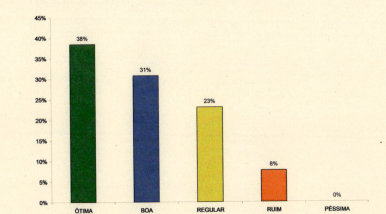

Fonte: elaborado pelo autor (2008)

Mas um fato que nos deixou temerosos a respeito do futuro do bairro foram os resultados dos Gráficos 4 ao 8, que indicam a segurança do bairro durante e após o período momesco, bem como sua preservação ambiental.

Gráfico 4 – Segurança do bairro durante o período carnavalesco

Fonte: elaborado pelo autor (2008)

Conforme relatos dos entrevistados durante o período carnavalesco, a segurança do bairro era reforçada, o que se comprovou com 38% de aprovação. No entanto, apenas 31% a consideraram boa.

O que se observa é que, após o período, a situação agravou-se, de acordo com os relatos, que alcançam 76% entre ruim e péssima, como pode ser visto no Gráfico 5.

Gráfico 5 – Segurança do bairro após o período carnavalesco

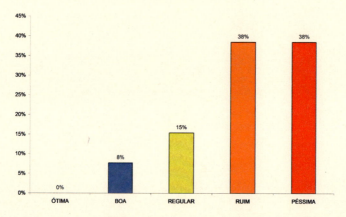

Fonte: elaborado pelo autor (2008)

O Gráfico 6 apresenta-nos outra situação preocupante, agora quanto à preservação ambiental do bairro, pois apenas 15% dos entrevistados atestaram ser ótima, contra 53% entre regular a péssima; e, mesmo assim, durante o período momesco.

Gráfico 6 – Preservação ambiental durante o período carnavalesco

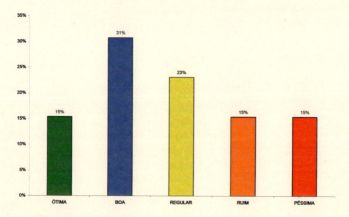

Fonte: elaborado pelo autor (2008)

Gráfico 7 – Preservação ambiental após o período carnavalesco

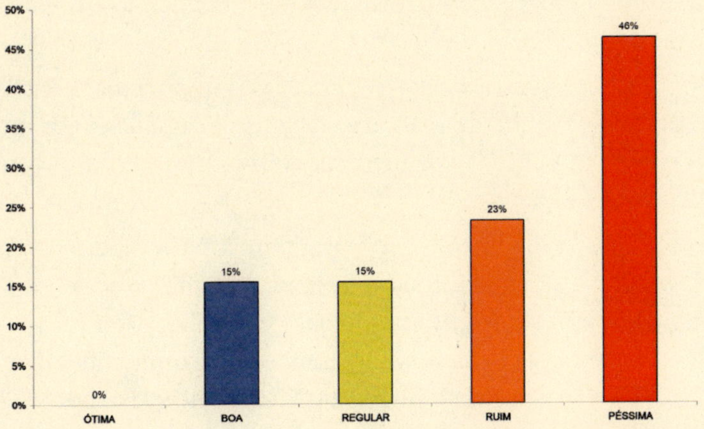

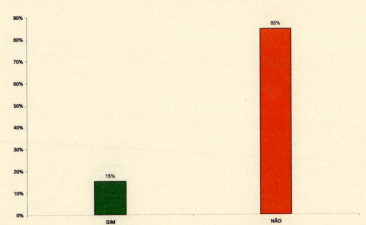

Fonte: elaborado pelo autor (2008)

Ao compararem-se os Gráficos 6 e 7, observa-se que a grande maioria afirmou ser péssima a preservação ambiental do bairro, após o período em estudo.

Agravando a situação, 85% dos entrevistados responderam não haver nenhum incentivo por parte dos órgãos públicos para a preservação do bairro, de acordo com os dados do Gráfico 8.

Gráfico 8 – Incentivo dos órgãos públicos para a preservação do bairro

Fonte: elaborado pelo autor (2008)

Das questões objetivas, o que se pode concluir é que o bairro necessita de mais atenção por parte das autoridades para que possa permanecer como o reduto do maior "Clube de Máscaras do Mundo".

As questões livres foram direcionadas à importância para o bairro do título de "maior clube de máscaras do mundo"[38] e como os moradores julgavam o desempenho das orquestras de frevo durante o percurso com a inserção dos trios elétricos.

Ao ser questionado sobre a importância para o bairro do título, o sujeito S3 afirmou que não foi *"nada demais, acho que muito pouco, por entrar no Guinness. Não tornou o bloco mais popular".* O sujeito S6 não se pronunciou a respeito, e os demais 11 sujeitos alegaram ser de suma importância para o bairro e para o estado de Pernambuco, devido ao incentivo para a economia e para o turismo, além da representatividade no exterior.

Ao se buscar saber dos entrevistados como eles avaliavam o desempenho da orquestra de frevo durante o percurso do bairro, alguns relatos mereceram destaque:

"Regular. Penso que deveriam resgatar músicos da cultura pernambucana ao invés das músicas de fora" (S10).

"É uma tortura, contagiada pelos nervos à *flor da pele, a vontade de se divertir supera as condições claustrofóbicas"* (S5).

> *Os trios passam em um volume ensurdecedor, chegando, em alguns casos,* à não identificação das músicas. Não *se pode negar que, com o grande número de foliões os trios sejam indispensáveis, porém deveriam rever o volume e a sonoridade da música.* (S4).

"Temos que observar que os trios projetam o som das orquestras, no entanto perde a característica do som original" (S9).

"Fica muito a desejar, pois eu acho que desvaloriza o nosso frevo autêntico" (S8).

"Antigamente era mais selecionado, somente a orquestra e o povo que desfilavam. Agora com os trios é uma multidão e uma mistura total" (S2).

"Não gosto dos trios. Distancia o público do artista e numa festa popular isso é importante" (S3).

Já o sujeito S1 considera que *"A única orquestra de frevo que toca durante o desfile é a Frevioca".*

---

[38] Conforme registro do *Guinness book*, na edição de 1995, p. 156; de 2006, p. 205.

Esses relatos servem de exemplo para comprovar que houve mudanças na sonoridade do frevo no decorrer dos anos e com o ingresso dos trios elétricos vindos da Bahia, com seu som típico.

Muita polêmica essa influência baiana já trouxe ao estado, por isso a prefeitura da cidade do Recife vem promovendo o Carnaval Multicultural, instalando vários polos de diversão para todo gosto e reservando o polo do Recife Antigo para o desfile das agremiações tradicionais do Carnaval pernambucano.

Ao apontarem os aspectos positivos e negativos com a entrada dos trios no desfile do Galo da Madrugada, destacamos os relatos:

"O calor triplica, mas a emoção é grande" (S5).

"Antes se apreciava o desfile, as fantasias e as alegorias. Hoje não se têm condições de apreciar nada" (S2).

"Não sei como era antes, pois era muito pequena para lembrar, mas colocar trios do porte dos que colocam nessas ruas tão estreitas é perigoso" (S3).

"Seria interessante em cada trio que passasse viria atrás uma orquestra de frevo no chão, como antigamente" (S7).

"Sem os trios havia uma preservação ambiental melhor, principalmente com relação ao solo" (S11).

"A poluição sonora. Ruas que não comportam os trios" (S13).

O que se pode concluir, diante da amostra para esta pesquisa das condições atuais do bairro de São José e da satisfação de seus moradores com as mudanças estruturais no último século, é que o turismo, a economia e o destaque advindos do título dado ao Galo da Madrugada foram positivos, no entanto a inserção dos trios sem uma estrutura que os acolha e sem o suporte nas antigas e estreitas ruas, além da superpopulação no período momesco, preocupa todos nós e necessita de mais atenção por parte das autoridades.

4.3 Cronologia dos desfiles do Galo da Madrugada

Iniciamos este item relatando como se deu o surgimento do Clube das Máscaras Galo da Madrugada[39].

Assim, os idealizadores e primeiros fundadores do Galo foram: Enéas Freire, Mauro Scanoni, José Mauro Freire, Rômulo Menezes, Rogério Costa, Antônio Carlos Freire e Cláudio Menezes.

---

[39] As informações sobre a criação do clube, bem como o detalhamento dos primeiros desfiles, foram obtidas por meio de consulta feita na sede do Galo.

A ideia de criar o Galo da Madrugada surgiu a 24 de janeiro de 1978, na Rua Padre Floriano 43, bairro de São José, com o objetivo de reviver os antigos Carnavais, quando um grupo de famílias do bairro, preocupado com o berço do frevo e as tradições, resolveu fundar o clube, e no sábado de Carnaval saiu mascarado e fantasiado pelas ruas onde morava. Foi no sábado de zé-pereira que reuniu, naquele dia 28 de janeiro de 1978, pouco mais de 75 pessoas, incluindo os músicos da orquestra no seu primeiro desfile oficial.

O Carnaval de rua do Recife estava superado pelo Carnaval interno e pelos bailes dos clubes sociais, levando o povo folião a ficar sem ter uma diversão nas ruas, pela ausência dos clubes, blocos e troças nos dias de momo. Assim, Enéas convocou os familiares e amigos, e fundaram o Galo da Madrugada para que pudessem se divertir como nos Carnavais antigos.

Em 1979, o clube já alcançava 220 pessoas. Naquela época, era comum antes do meio-dia, na Pracinha do Diário, a tradicional saudação dos clarins seguida da entoação dos grupos: *"O Galo da Madrugada está na rua cantando o carnaval/Ei pessoal, vem moçada, o carnaval começa no Galo da Madrugada"* (José Mário Chaves, 1978).

O primeiro desfile do Galo da Madrugada foi realizado nas ruas do bairro de São José e Santo Antônio: Rua das Calçadas, Vidal de Negreiros, Peixoto, Concórdia, Frei Caneca, Palma, Nova, Praça da Independência, Duque de Caxias, Dantas Barreto, Tobias Barreto, Direita, Pátio do Terço, Padre Floriano. O desfile teve início às 8 h 30 min do sábado de zé-pereira, e os diretores e participantes estavam fantasiados de "Alma". Os homens usavam quadriculado à moda antiga; e as mulheres, vestidas de diversas maneiras. Naqueles tempos, a saída do Galo era às 5 h 30 da manhã, no entanto, devido à chuva fina que insistia em cair e poderia estragar o desfile, só pôde sair às 8 h 30 min.

Eram 35 os músicos que acompanhavam a troça, e na moeda daqueles tempos foram contratados por Cr$ 45 mil cruzeiros para garantir animação dos foliões tocando os frevos tradicionais.

Figura 49 – Desfile do Galo em 1978

Fonte: Galo da Madrugada (c2008)

Em 1980, o Galo contou com duas orquestras e 56 músicos, e seu tema foi inspirado na Arábia Saudita, tanto que os músicos assim saíram fantasiados, ou seja, de árabes.

Figura 50 – Destaque dos músicos no desfile de 1980

Fonte: FUNDAJ (c2008)

Nesse ano de 1980, de acordo com reportagens no *Diário de Pernambuco*, ouvia-se do povo: "Fazia muito tempo que eu não via um Sábado Gordo desses" (Fundação..., 1980, s/p). E o Carnaval começa com o Galo, no sábado de zé-pereira, arrastando pessoas de todas as idades exibindo não apenas belas fantasias como contagiando o povo.

O primeiro estandarte do Galo da Madrugada foi confeccionado em compensado de madeira, forrado de papel, e desfilou no Carnaval de 1978. Foi uma criação do fundador, José Mauro Freire, filho do presidente Enéas Freire. Para o ano de 1979, José Mauro criou outro estandarte, em tecido, trabalhado em lantejoulas, serpentinas, máscaras etc., que teve como tema a seguinte sequência carnavalesca: "Clave de sol" – "A música do carnaval" – "As máscaras" – "A alegria do folião" – "Despertar da alvorada" – "A saída do Galo" – "Confetes e serpentinas multicores" – "A beleza e alegria do nosso carnaval e do nosso frevo". O estandarte teve a sua apresentação oficial no dia 20 de janeiro de 1979, no Clube Português do Recife, no entanto, devido às fortes chuvas que caíram no sábado de zé-pereira de 1979, somente em 1980 é que o estandarte teve o seu batismo oficial.

Figura 51 – Estandarte do Galo da Madrugada em 1980

Fonte: FUNDAJ (c2008)

No ano de 1985, o Galo já arrastava cerca de 100 mil pessoas, e na Pracinha do Diário, apoteose do Galo, o povo apertava-se ao som de "Vassourinhas" e outros frevos famosos. Nessa data recebeu foliões ilustres, a exemplo de Abelardo Barbosa, o Chacrinha, que recebeu o troféu de folião das mãos de Enéas Freire, que o homenageou. O desfile foi animado dessa vez com três orquestras. Palhaços, colombinas, pierrôs, havaianas, mascarados, almas, arlequins, ciganas, espanholas, baianas, piratas, índios e uma infinidade de fantasias enfeitaram as ruas do Recife, como consta no jornal *Diário de Pernambuco*.

Figura 52 – Prêmio em homenagem a Abelardo Barbosa, Chacrinha

Fonte: FUNDAJ (c2008)

Figura 53 – Apoteose do Galo na Pracinha do Diário em 1985

Fonte: FUNDAJ (c2008)

Destacam-se, no *Diário de Pernambuco* do dia 17 de fevereiro de 1985, alguns relatos dos visitantes à capital pernambucana que nunca haviam presenciado tamanha emoção. "Esse bloco está cada vez melhor. Galos, galinhas, pintinhos e frangotes. Eu quero é mais" (p. A-7), berrava um senhor de bigodes brancos enquanto dançava com uma sombrinha.

Em 1992, o Projeto Música na Praça, de autoria de Carlos Fernando, pernambucano, assessor de música da Fundação do Patrimônio Histórico e Artístico de Pernambuco (FUNDARPE), na época começa a falar sobre os problemas enfrentados para levantar os movimentos culturais do estado e lança disco do Galo da Madrugada com canções selecionadas pela diretoria do Galo, arranjos do maestro Duda, capa de Sônia Malta e programação visual de Nelson Ferreira, participação de Alceu Valença, Elba Ramalho, Geraldo Azevedo, Amelinha, Bubuska Valença, Nando Cordel, André Rios, Gustavo Travassos, entre outros.

Em 1993 o desfile do Galo começa a apresentar outras inovações. O local da concentração passou a ser no Forte das Cinco Pontas, onde acontece a alvorada com o toque dos clarins e em seguida é acesa a girândola com 800 fogos. Enéas garante bebida e troféus para as melhores fantasias e aos então 15 anos de vida do Galo, que inova com 18 camarotes instalados em três caminhões.

O carro abre-alas vinha decorado de branco, prateado e dourado com galo gigante e quatro passistas. O segundo carro, que media 12 metros de comprimento por 3 de largura, trazia o galo dourado tradicional com fantasias de egípcios e egípcias. Um terceiro carro, com o mesmo tamanho, era adornado com pirâmides que lembravam o Egito. Dessa vez, com 12 trios com orquestras de frevo para animar o desfile, conforme informações contidas no *Diário de Pernambuco* de 21 de fevereiro de 1993.

Figura 54 – Galo gigante do desfile de 1993

Fonte: FUNDAJ (c2008)

O que se observa da década de 90 do século passado é a mudança no trajeto do desfile. Devido ao número cada vez mais crescente de foliões participando do Galo e com a inserção dos trios elétricos, houve a necessidade de adaptação do percurso do desfile, que tradicionalmente circulava pelas estreitas ruas do bairro de São José, com os músicos pedestres. Essa é uma das mais relevantes inovações que destacamos na Figura 55, com o caminho que os trios passam até chegar à Avenida Guararapes, hoje local da apoteose do Galo.

Figura 55 – Atual trajeto do desfile

Fonte: Oficina da Notícia Corporativa[40]

No ano de 1995, o Galo recebe o título de "maior clube carnavalesco do mundo" pela organização do *Guinness records book*, por ter levado às ruas do Recife cerca de 1 milhão de pessoas, e em 2005 já se falava em 2 milhões de pessoas. O registro de 1995 consta na página 156 e na página 205 da edição de 1996.

---

[40] Disponível em: www.oficinadanoticia.com.br. Acesso em: dez. 2008.

Em 2007, nos cem anos do frevo, o Galo completava 29 anos de existência e desfilou com o tema "O Galo em festa". Ao todo, foram 33 estandartes convidados, 11 blocos líricos e 30 trios elétricos.

Desde 2002 o Galo realiza um desfile prévio pelas ruas do bairro de São José com o objetivo, segundo seu presidente, de possibilitar ao folião conhecer o trabalho decorativo dos carros alegóricos. É um desfile com um percurso de 3,5 km, ou seja, 2,5 km a menos que o desfile oficial. A concentração é na Praça da Independência e finaliza-se na Praça Sérgio Loreto.

Segundo informações obtidas na sede do Galo da Madrugada, sua diretoria oficial está composta por dez diretores, sendo o seu presidente perpétuo Enéas Freire (*in memoriam*); e o seu vice Dirceu Paiva. O diretor de desfile é Rômulo Menezes. Além destes, o Galo tem um corpo de 120 diretores exclusivos para o desfile do sábado de zé-pereira. Com o recente falecimento do seu criador e presidente, não há informações referentes à composição da nova diretoria até a finalização deste escrito.

Trataremos, deste ponto em diante, das características e inovações na orquestra de frevos, de seu repertório, do hino do Galo, da inclusão dos trios elétricos no desfile e da relação do percurso e do tempo de desfile dos primeiros Carnavais com os mais recentes.

4.4 Orquestra e repertório

De acordo com os registros da época do seu segundo desfile, em 1979, a orquestra do Galo da Madrugada era composta por 35 músicos, seguindo a formação básica de uma orquestra de Carnaval de rua, ou seja, naipe de trompetes, naipe de trombones, naipe de saxes, naipe de tubas e naipe de percussão. Naquela época, os músicos realizavam os ensaios nas dependências do Teatro do Parque, local-sede da Banda Municipal do Recife, no horário noturno, sob o comando do maestro Zé da Gaita. Os ensaios tinham dois objetivos principais: afinar bem a orquestra para o tríduo momesco e memorizar todos os frevos ensaiados para as saídas de rua. Como já foi dito, dos concursos de frevos que eram realizados todos os anos, cinco ou mais frevos eram adicionados no repertório, na sua maioria, frevos de rua. Claro que nesses concursos os compositores dos frevos-canção também eram contemplados e seriam tocados nos clubes de baile, como, por exemplo, o Clube Português, o Clube Internacional e os demais clubes representantes dos times de futebol da cidade.

Uma forma prática e necessária utilizada para levar os frevos-canção até as ruas foi justamente adaptar a melodia das canções para o naipe das palhetas, pois, nos primeiros anos do Galo, ainda não havia os carros de som e os equipamentos de áudio.

Mas, logo que as novas músicas vencedoras dos concursos eram executadas nas rádios, com bastante antecedência, o folião já conhecia o conteúdo das letras e cantava com a orquestra. Os compositores mais consagrados dos antigos Carnavais interpretados pela orquestra eram Capiba, Nelson Ferreira, Zumba, Carnera, Edgard Moraes, Irmãos Valença e o próprio José Mário Chaves, compositor do hino do Galo da Madrugada.

Essa estrutura foi continuando pelos anos seguintes, até que em 1992 o disco do Galo da Madrugada com os intérpretes listados anteriormente e a produção sob o patrocínio da Fundarpe deu-lhes a oportunidade, aos músicos, aos arranjadores, aos compositores e aos intérpretes populares, de contar com uma qualidade de som que a tecnologia moderna oferecia e que nunca tiveram. Nesse aspecto, o ponto positivo foi a possibilidade de o público ouvir o repertório tocado pelas orquestras a grandes distâncias e diante dos palanques das concentrações. Assim, valendo-me dessa experiência tecnológica, mostrarei aqui uma análise do hino do clube, por meio da observação participante, contextualizada na concentração da chegada à apoteose do Galo da Madrugada, a Avenida Guararapes, com a orquestra do maestro Spok em pleno palanque.

Figura 56 – Introdução dos clarins

Fonte: elaborada pelo autor (2008)

Os trompetes são, sem sombra de dúvida, os instrumentos com maior brilho e poder de registros agudos na orquestra. Nessa avaliação, como *outsider*, registrei a participação de um trompetista conhecido do Carnaval de Recife então há mais de 20 anos. Naílson de Almeida Simões é natural de Quipapá, interior de Pernambuco[41]. Sua participação em 2007 no Galo da Madrugada foi junto à orquestra do maestro Spok. Como precursor do trompete Monette no Brasil, Naílson trouxe para o Carnaval um bocal (vide Figura 57) de fabricação norte-americana — Monette —, específico para o registro agudo do instrumento[42]. O fato é que esse bocal permite ao trompetista de orquestra de Carnaval mais facilidade e menos esforço para alcançar as notas do registro agudo, muito comuns nas composições de frevos.

Já tive a oportunidade de compartilhar diversas atividades musicais ao longo dos anos com o referido professor. Sua vasta experiência na formação de trompetistas, nos festivais de música e cursos administrados pelo Brasil, faz-se presente nos meios acadêmicos. Sua trajetória na história do Carnaval de Pernambuco merece destaque, principalmente nas participações de gravações das orquestras de frevos participantes de concursos como o Frevança, nos bailes dos clubes tradicionais do Recife, e nos desfiles dos principais clubes de rua do Recife. O professor Naílson também contribuiu para o Carnaval do Galo da Madrugada trazendo suas inovações.

Figura 57 – Bocal Monette LT Weight

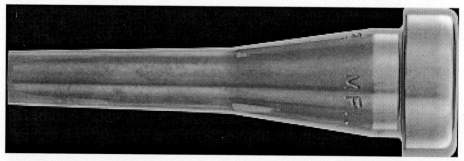

Fonte: site Monette, *"Mouth pieces"*[43]

---

[41] O professor Nailson Simões ocupa o cargo de titular do Departamento de Música da Universidade Federal do Estado do Rio de Janeiro (UniRio).
[42] Do fabricante David Monette.
[43] Disponível em: http://www.monette.net/newsite/mouthpieces_bflatlead.htm. Acesso em: dez. 2008.

Figura 58 – Trompete Monette Bb Prana

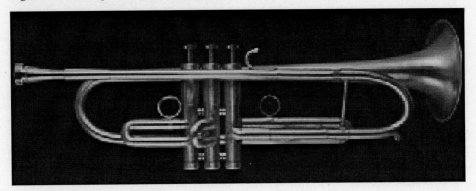

Fonte: site Monette, *"Instrument models"*[44]

Figura 59 – Stradivarius

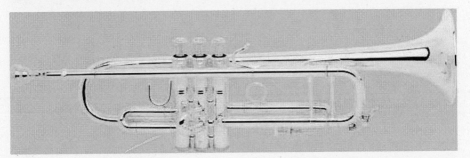

Fonte: site Bach Brass[45]

   Nettl (1995, p. 37) referindo-se às "categorias de musicalidade", aborda as diversas maneiras pelas quais os integrantes da sociedade da escola de música europeia identificam e classificam a si e as personagens do seu mundo. Segundo o autor, há bastante conflito e competição entre músicos-docentes e discentes. Sendo que, parte deste conflito se observa nas próprias exigências feitas nos diferentes cursos, a exemplo da pós-graduação em performance, onde se exige do aluno a formação e capacidade em matérias teóricas, enquanto os especialistas em história da música e educação musical não precisam se provar intérpretes (Nettl, 1995). Partindo destas observações, vale destacar que o professor Naílson talvez, por já ter passado

[44] Disponível em: http://www.monette.net/newsite/instrument_models.htm. Acesso em: dez. 2008.
[45] Disponível em: http://www.bachbrass.com/product.php?item=180S37. Acesso em: dez. 2008.

por estas experiências no meio acadêmico, demonstra, através do diálogo com os diferentes mundos musicais, que a fronteira que divide os grupos no contexto da academia, induzindo à competição e a rivalidade, pode ser superada com exemplos de interação social, mesmo entre profissionais que nem sequer imaginaram conviver nos departamentos de música.

A seguir, uma análise baseada no hino do Galo da Madrugada, mostrando seus aspectos rítmicos, melódicos e estruturais. Este frevo é de autoria do professor José Mário Chaves. O refrão principal é:

Figura 60 – Melodia do Galo

Fonte: elaborada pelo autor (2008)

> [Refrão]
> *Ei, pessoal vem moçada*
> *Carnaval começa no Galo da Madrugada* [bis].

Durante a execução do refrão, a seção da percussão utiliza a batida típica do exemplo da Figura 61, pois este é o momento apoteótico do frevo.

Figura 61 – Estrutura rítmica da percussão

Fonte: elaborada pelo autor (2008)

Figura 62 – Melodia do Galo, primeira estrofe

Fonte: elaborada pelo autor (2008)

>   *A manhã já vem surgindo,*
>   *O sol clareia a cidade com seus raios de cristal*
>   *E o Galo da madrugada, já está na rua, saldando o Carnaval*
>   *Ei. pessoal...*

Figura 63 – Melodia do Galo, segunda estrofe

Fonte: elaborada pelo autor (2008)

>   *As donzelas estão dormindo*
>   *As cores recebendo o orvalho matinal*
>   *E o Galo da Madrugada*
>   *Já está na rua, saldando o Carnaval*
>   *Ei, pessoal...*

Figura 64 – Melodia do Galo, terceira estrofe

Fonte: elaborada pelo autor (2008)

> *O Galo também é de briga, as esporas afiadas*
> *E a crista é coral*
> *E o Galo da Madrugada, já está na rua*
> *Saldando o Carnaval*
> *Ei, pessoal...*

Na Figura 60, percebe-se o bis, a melodia segue a estrutura do frevo de rua (vide subcapítulo 3.4.1 deste livro), ou seja, 16 compassos na primeira parte (incluindo a volta). A forma é A/A/B/B/A/A e a coda. As relações funcionais harmônicas estão baseadas na estrutura I, IV, V e I na tonalidade maior[46], neste caso aqui, a tonalidade foi transcrita para Dó maior.

O que é notável é que, nas estrofes 1 e 2, respectivamente, o ritmo da melodia não é igual ao da letra; percebe-se uma quebra rítmica, que curiosamente leva alguns intérpretes a executarem suas próprias versões. Foi exatamente o que constatei na apresentação da Spok Orquestra de Frevos. O cantor modificava o ritmo nas estrofes indicadas *supra*. Episódios como esse acontecem, geralmente, em situações nas quais ocorrem as apresentações de determinadas manifestações musicais sem limitação do tempo da performance, por exemplo, nas cirandas, nos bois do Maranhão etc. Em determinados momentos, o intérprete instintivamente altera o padrão da melodia utilizando-se de improvisações e criações livres de frases melódicas.

Ademais, observei uma relação de semelhança dessa análise quando analisei o artigo de Sandroni (2001), que se refere a dois sambas de 1930: "Na Pavuna" e "Vou te abandonar"[47]. A referência que Sandroni faz é sobre

---

[46] Outros frevos-canção podem ser compostos em tonalidades menores.

[47] Note-se, em primeiro lugar, que a maneira de cantar de Almirante (que faz as segundas partes, cantadas como sempre em solo, enquanto o refrão é cantado em coro) é fortemente contramétrica. *Cf.* Sandroni (2001).

as noções de contrametricidade e metricidade[48]. Aqui não se trata de uma interpretação moldada às características técnicas típicas de um estúdio de gravação; pelo contrário, a emoção e a interação é que terão uma relação direta com o *insider*, pois é esse "olhar sobre o outro" que sempre estará presente na *"folk music"*.

4.4.1 A Frevioca e os trios no Galo da Madrugada

A Frevioca foi uma criação do jornalista Leonardo Dantas da Silva, na época diretor da Fundação de Cultura da Cidade do Recife, em 1979.

Saiu pela primeira vez no Carnaval de 1980, e seu objetivo era recordar o Carnaval de rua do Recife e colaborar diretamente com as agremiações que, sem recursos, não dispunham de orquestra para os desfiles. De acordo com a pesquisadora Claudia M. de Assis Rocha Lima (1996), na sua origem a Frevioca era um caminhão decorado alegoricamente, com som amplificado, e em cima a Orquestra Popular do Maestro Ademir Araújo e o cantor Claudionor Germano percorriam as principais ruas do centro do Recife. O maestro Ademir relata qual era a importância da Frevioca no Carnaval:

> A Frevioca foi criada baseada num livro de Mário Sette que falava numas carroças que tinha com uma orquestra tocando, tanto que a primeira Frevioca foi um caminhão decorado com orquestra e som [...] depois pegaram um ônibus e fizeram um modelo de um bonde, quer dizer, ao invés do som ser em baixo, era em cima as caixas [...] e ela foi criada para fazer o percurso nas ruas estreitas e a saída era às cinco horas da tarde aqui, saía pela rua da Imperatriz, rua Nova, Nossa Senhora do Carmo e a Pracinha do Diário. E o que me impressionava é que nos desfiles da Frevioca não havia violência, as pessoas acompanhadas com crianças, o senhor com seu paletó saindo do trabalho, enfim, a paz reinava.

A ideia inicial foi da permanência da Frevioca no centro da cidade, mas, como ela está ligada à Fundação de Cultura, a Frevioca parte para todos os locais em que for solicitada, levando principalmente o objetivo maior, de divulgar o frevo nas ruas do Recife[49], Segundo Valdemar Pedra Rica, presidente da Ordem dos Músicos do Brasil, seção Pernambuco, esse caminhão na verdade era um veículo de transporte de passageiros adaptado para a orquestra:

---

[48] Ver em: KOLINSKI, M. A cross-cultural approach to rythimic patterns. **Ethnomusicology**, Chicago, IL, v. 17, n. 3, p. 494-506, 1973.

[49] Disponível em: http://www.fundaj.gov.br. Acesso em: 25 jul. 2008.

> *A Frevioca foi um bonde adaptado. [...] no Recife este sistema de transporte era muito utilizado, através da Pernambuco Trans, e adaptaram esse bonde na carroceria de um chassi de um ônibus da antiga CTU [Companhia de Transportes Urbanos]. Daí deu-se o nome de Frevioca, né? Seria uma espécie de volante do frevo.*

Pedra Rica informa-nos ainda que as orquestras eram contratadas pela prefeitura e estas se revezavam. Num só dia de desfile da Frevioca, desfilavam quatro ou cinco orquestras, além do pessoal de apoio, como eletricistas, motoristas, mecânicos, controladores de som — todos eram funcionários da prefeitura.

> *A Frevioca não era exclusiva do Galo, não [...]. Por exemplo: Eu tocava na orquestra, depois terminava o desfile, entrava outra, e a Frevioca seguia para outro bairro, como Casa Amarela [...]. Agora são duas Freviocas, e a prefeitura cede as duas Freviocas para o Galo, mas a Frevioca é destinada a tocar em todos os bairros, então tanto faz ela tocar no Galo como no Cabeça de Touro, que é uma grande troça que tem, e no Bacalhau do Verdura tem outras troças que o setor de planejamento da prefeitura coordena, e assim a Frevioca acompanha e as orquestras são contratadas.*

Em 1983, a Frevioca foi convidada a participar no Galo da Madrugada abrindo o seu desfile, e logo em seguida o clube trazia novas mudanças, com a inserção dos trios elétricos[50].

Uma exigência foi determinada para que os trios só tocassem frevos durante o desfile, não permitindo a execução de músicas baianas. Conta Valdemar Pedra Rica que essa ordem partiu diretamente do seu presidente: *"Seu Enéas não queria que o Galo tocasse músicas de fora, somente músicas do Carnaval de Pernambuco. Nada daquelas músicas de axé".*

Apesar dessas exigências, conforme relatos dos músicos participantes, os frevos eram tocados sim, porém sem a característica principal da orquestra. Os chamados frevos estilizados tomam conta dos trios. Estes relatos serão mostrados a seguir para se ter uma compreensão acerca dessas características.

4.4.2 O desempenho da orquestra nos trios

Com a inserção dos trios elétricos nos desfiles do Galo da Madrugada a partir de 1983, a orquestra deixa de se apresentar pelas ruas estreitas do Recife. A tradicional saída de rua dos clubes pedestres já não suporta a

---

[50] Informação obtida na sede do Galo da Madrugada.

quantidade de seguidores, pois tanto a segurança quanto a resistência dos músicos já estavam visivelmente comprometidas. Outro fator relevante para essa mudança foi a alteração do percurso do desfile com o objetivo de possibilitar o tráfego livre para os trios, assim como para a grande massa de foliões, que a cada ano crescia numa progressão geométrica.

Paralelamente às inovações ocorridas nos desfiles do Galo da Madrugada ano após ano, o prefeito da cidade do Recife Jarbas Vasconcelos, em sua primeira gestão no ano de 1986, com o seu secretário de turismo Sílvio Pessoa, adotou uma forma de organizar o Carnaval de rua do Recife introduzindo os polos carnavalescos nos bairros com apresentações de orquestras bem antes do início do Carnaval, ou seja, nas chamadas "prévias carnavalescas". A partir daí, o Carnaval passou a ser estruturado no modelo de polos de animação espalhados pelos bairros do Recife por meio do apoio das entidades patrocinadoras, que fomentavam os recursos necessários para os festejos carnavalescos. A receptividade foi positiva por parte dos foliões, que aderiram a essa inovação dentro do Carnaval de rua.

Em 2001, o Carnaval do Recife passou a ser classificado como "Carnaval multicultural", mantendo a estruturação dos polos centralizados e descentralizados nos bairros. Essa estruturação corresponde à seguinte forma:

De acordo com Batista da Silva (2007), no centro do Recife são colocados os seguintes polos centralizados: **Polo Recife Multicultural** (Marco Zero); **Polo das Fantasias** (Praça Arsenal da Marinha); **Polo Mangue** (Cais da Alfândega); **Polo de Todos os Frevos/Corredor do Frevo** (Av. Guararapes); **Polo de Todos os Ritmos** (Pátio de São Pedro); **Polo das Agremiações** (Av. Dantas Barreto); **Polo das Tradições** (Pátio de Santa Cruz).

Nos bairros da periferia da cidade, compreendem os seguintes polos: Polo de Santo Amaro, Polo Chão de Estrelas, Polo de Casa Amarela, Polo Nova Descoberta, Polo Mangue no Morro (este situado no Alto José do Pinho), Polo Várzea e Polo Jardim São Paulo. Esta estruturação permanece até os dias atuais.

Para obter mais detalhes acerca das inovações que culminaram na ampliação da sonoridade do frevo e, consequentemente, a necessidade de ampliação dos recursos humanos e tecnológicos no Carnaval recifense, sobretudo no desfile do Galo da madrugada, foi aplicada uma pesquisa, por meio de um questionário com nove perguntas, com os músicos integrantes de orquestras de frevo. As informações aqui expostas representam a situação mais atual do ponto de vista dos músicos, comparando-se com a situação vivenciada na primeira década de existência do clube de máscaras.

Foram obtidas 13 respostas, e buscou-se avaliar especificamente a situação do naipe de metais que atuava no desfile. Os sujeitos que participaram desta pesquisa são identificados pela letra "M", seguida de sua numeração.

Assim, a primeira questão explorou a participação no desfile do Galo conforme o tempo de atuação do músico no clube. As respostas estão agrupadas de acordo com o tempo de atuação no clube. Os músicos M1 até M4 têm até três anos de participação; M5 e M6, até cinco anos; M7, M8, M9 e M13, até dez anos; e, por fim, os músicos M10, M11 e M12 têm mais de dez anos de participação. Saliente-se que o sujeito M6 não respondeu às questões.

Ao serem questionados sobre a mudança da tradicional saída de rua a pé para os trios elétricos, com relação ao desempenho dos músicos, foram obtidas as seguintes respostas:

> *"A mudança foi muito boa, nos trios elétricos se respira melhor"* (M1).
> *"Acredito que os instrumentistas de sopro perderam muito seu espaço, pois no trio houve uma diminuição do número de músicos, além da substituição por instrumentos elétricos"* (M2).
> *"A mudança proporcionou mais conforto aos músicos, tanto estrutural quanto musical"* (M3).
> *"Não, porque desempregou os músicos"* (M4).
> *"Não acredito"* (M5).
> *"Se para o músico não existe a satisfação da mudança, em contrapartida abre-se um campo maior de trabalho"* (M7).
> *Em parte. O músico de instrumento de sopro perdeu uma fatia deste mercado, porque, mesmo sendo uma exigência do bloco, em só tocar músicas pernambucanas, estes modificaram a formação. Ao invés da formação básica da orquestra, resumem a uma formação composta por um trompete, dois saxes e um trombone.* (M8).
> *"Sim"* (M9).
> *"Sim, pois podemos nos empenhar melhor no trabalho, no sentido do som e do físico também, pois o desgaste é menor"* (M10).
> *"Sim, uma vez que o som eletrificado dá mais descanso ao músico, e diante da multidão que acompanha o evento a tradicional orquestra de rua não daria conta da demanda"* (M11).
> *"Sim, a mudança foi boa"* (M12).
> *Bom, acho que em alguns pontos sim e em outros não. Foi bom, porque, como toda manifestação cultural, é necessário haver mudanças, e nesse ponto concordo com essa mudança dos músicos saírem a pé e hoje nos trios. E negativo porque, para existir o moderno, tem que existir o tradicional, ou seja, não podemos esquecer nossas raízes. Se bem que, com o percurso maior, vai exigir muito mais dos músicos e com isso vale a pena ter o trio elétrico.* (M13).

A mudança do trajeto é bastante discutida pelos músicos, mas o que prevalece nas respostas é que o fator tempo x distância e o número crescente de foliões é o que justifica essa questão.

Quanto aos fatores do processo de ampliação da sonoridade da orquestra, os músicos assim justificaram a mudança:

"Para se ouvir melhor a melodia" (M1).

"Deve-se à necessidade de se adaptar aos trios elétricos. Seria impossível tocar em baixo, enquanto as bandas nos trios estão com o som a todo vapor" (M2).

"Buscar uma nova sonoridade com um número menor de músicos" (M3).

"O processo de ampliação da sonoridade se deve pela necessidade de o som chegar aos ouvidos da multidão, que cresceu muito nos últimos tempos" (M4).

"Afinação adequada" (M5).

"Este processo se deve à evolução das escolas de música com professores especializados usando técnicas de respiração, entre outras" (M7).

"Não posso ver a amplitude de sonoridade, quando foi resumido o número de participantes da orquestra" (M8).

"Deve-se ao número crescente de foliões e do tempo do desfile" (M9).

"Creio que no sentido de arranjos também, pois hoje a distribuição é maior" (M10).

"Primeiro deve-se a valorização atual do frevo em Pernambuco; além disso, os arranjos modernos têm exigido uma quantidade menor de músicos em cada naipe" (M11).

"A grande quantidade de foliões, mas também o avanço da tecnologia" (M12).

"A questão do percurso ter aumentado e, claro com o aumento do público, isto vai consumir mais do músico. Vale a pena essa ampliação dessa sonoridade por meio dos trios, pois exige mais dos músicos" (M13).

No que diz respeito a como os instrumentos são usados atualmente, a exemplo de guitarra, baixo elétrico, trompetes e trombones, e se têm contribuído para a performance do frevo, assim se pronunciaram os músicos:

"Uma orquestra de frevos sem metais e percussão não há desfile" (M1).

"Contribuem pouco" (M2).

"Contribuem, pois são instrumentos *'cabeças' nos trios"* (M3).

"Contribuem muito" (M4).

"Sim, contribuem" (M5).

"Os músicos são a marca do frevo, onde existe um diálogo entre metais e palhetas. Os trompetes e trombones se sobressaem" (M7).

> *"Sim, claro"* (M8).
> *"Sim"* (M9).
> *"Sim"* (M10).
> *"Sem os instrumentos de metais,* não haverá frevo, *ou o frevo não teria a mesma força; sendo assim, praticamente todos os trios se valem da força da metaleira no desfile"* (M11).
> *"Contribuem, porém afetando as características do frevo"* (M12).
> *"Os trompetes e trombones contribuem e muito para a performance nos desfiles, permanecer com o tradicional sim, mas por que não inovar com outros instrumentos?"* (M13).

Subentende-se aqui que o termo "cabeças" utilizado pelo sujeito M3 leva-nos a entender que os instrumentos eletrificados se sobrepõem aos demais. De fato, o que um guitarrista pode fazer em um desfile que tem mais de seis horas de duração utilizando uma aparelhagem sonora amplificada nenhum instrumentista dos metais conseguirá com o mesmo êxito.

Buscou-se ainda saber se os compositores dos frevos de rua então atuais mantinham as características do frevo do passado, e os músicos expressaram sua opinião, conforme segue:

> *"Os compositores atuais de frevo de rua são muito modernos, prefiro os tradicionais"* (M1).
> *"Alguns"* (M2).
> *"Houve uma certa inovação"* (M3).
> *"Não, pois alguns estão confundindo frevo com jazz"* (M4).
> *"Alguns"* (M5).
> *"Não. Alguns compositores de hoje usam técnicas de arranjos diferentes dos arranjadores e compositores de antigamente"* (M7).
> *"Não. Pelo fator tempo, os frevos aumentaram demais os andamentos"* (M8).
> *"Alguns"* (M9).
> *"Acho que muita coisa mudou. As influências: hoje se mistura frevo com jazz, música eletrônica e outros"* (M10).
> *"A forma do frevo praticamente não muda. Entretanto, há novas experiências harmônicas e diferentes formas de execução, o que faz a atual orquestra soar diferente das do passado"* (M11).
> *"Poucos"* (M12).
> *Acho que, repito, toda manifestação cultural tem que haver uma evolução, no entanto com muita cautela, para não perder sua originalidade. Como, por exemplo, a Spok Frevo e a orquestra do maestro Forró deram certo tempero à música pernambucana. Inovar é sempre bom, mas, claro, com muita cautela.* (M13).

Algumas respostas a esta questão apresentam pontos importantes que podem trazer elementos que caracterizam os estudos das mudanças musicais. Essas afirmações corroboram Blacking (1995, p. 150, tradução nossa, quando afirma, como já discutido no capítulo 2 deste trabalho, que

> [...] o estudo da mudança musical deve ser concebido pelas significantes inovações ocorridas no som musical, considerando-se que, inovações no som não é necessariamente evidência de mudança musical.

Nota-se o pensamento de Blacking pela fala do sujeito M11 a respeito das diferentes formas de execução e novas experiências harmônicas, o que caracteriza a concepção da Spok Frevo Orquestra, mas suas raízes continuam preservadas.

A sexta questão buscou retratar como a nova concepção da escola de metais e seus orientadores têm contribuído para a interpretação das músicas de Carnaval. Vejamos as respostas.

> *"A escola de metais tem contribuído muito na interpretação dos frevos de rua"* (M1).
> *"Acredito que a técnica contribui sempre para uma melhor performance, o que falta nos próprios músicos é uma consciência de melhor estilo"* (M2).
> *"Aplicamos um pouco da escola em termos de articulação, porém depende muito do regente"* (M3).
> *"Contribuiu muito, pois hoje em dia executamos o frevo com qualidade"* (M4).
> *"Contribuíram o máximo"* (M5).
> *"Talvez em Pernambuco sim. Acho que em outros lugares não, pois os mesmos não têm conhecimento de como interpretar o frevo"* (M7).
> *"A sonoridade dos instrumentistas individualmente melhorou, mas falta o pensamento do grupo"* (M8).
> *"Muito, na resistência, afinação e concepção"* (M9).
> *"Pouco, não há estímulo às pesquisas sobre ritmos e cultura local"* (M10).
> *"Os orientadores dão apenas a formação técnica e musical, ou seja, não existem escolas voltadas para este tipo de música, e o seu aprendizado acaba sendo resultado da experiência de cada músico nos Carnavais"* (M11).
> [Não respondeu] (M12).
> [Não respondeu] (M13).

Os sujeitos M7 e M11 levantam duas questões relevantes para os pesquisadores e estudiosos do frevo. A primeira remete-nos às técnicas interpretativas ensinadas nas escolas de música, onde os professores têm a preocupação em seguir o conteúdo programático do curso. Ao mesmo tempo, não há ainda escolas voltadas especificamente à forma correta de interpretar o frevo, salvo exceções, em que professores de universidades têm alguma experiência em interpretação de frevos, mas existe uma lacuna a ser preenchida. Tais experiências podem ou não ser bem-sucedidas.

Na questão que abordou se, na então situação atual, era viável a interação folião – orquestra durante o desfile do Galo, em comparação com o Carnaval de Olinda, por exemplo, os músicos emitiram sua opinião, como segue:

"Durante o desfile do Galo, o folião e orquestra se unem. Em Olinda é a mesma coisa" (M1).

"Não. Devido a grande violência e multidão" (M2).

"A interação com o público dá um certo estímulo aos músicos" (M3).

"Não" (M4).

"O Carnaval de Recife é mais leve" (M5).

"Embora os músicos, em sua maioria no Galo, estejam nos trios elétricos, não deixa de existir a interação entre o músico e o folião" (M7).

"Não. O motivo é a violência e a multidão formada" (M8).

"Sim, mas um pouco menos do que em Olinda" (M9).

"Acho que não, pois a cultura do Carnaval de rua em Recife não existe mais. Só em Olinda" (M10).

"Não. A multidão que acompanha o Galo inviabiliza as orquestras de rua. As ruas de Olinda são estreitas e há um grande número de agremiações que fazem o percurso relativamente curto, o que é diferente no Galo da Madrugada" (M11).

"Não. Porque há um bloqueio no relacionamento interpessoal" (M12).

O Galo não deixa de ser um movimento cultural de extrema importância para a região, para a cidade, para o estado, mas ele se tornou um marketing e com isso muito dessa interação se perdeu. Hoje o Galo é muito marketing. Por exemplo, eu tenho amigos que não são músicos e sempre participaram no Galo *desde a década de oitenta, noventa. Então eu perguntei a eles se sabiam que eu hoje eu toco na orquestra, e eles me disseram que não haviam percebido, ou seja, essa mudança para os trios provoca essa* não interação dos foliões com os músicos, que havia antes dos trios. O músico perdeu o contato com o folião. O folião percebe mais a massa sonora, *a intensidade do som.* (M13).

Na questão que abordou como estava sendo vista a reação do público folião com a nova concepção da improvisação nos frevos tradicionais por meio da Spok Orquestra, os músicos emitiram assim sua opinião:

"A improvisação nos frevos tradicionais não é frevo" (M1).

"Fica mais como um show, onde as pessoas dançam, mas não param para ouvir. É como uma big band" (M2).

"Acho que esse tipo de frevo é mais para ser apreciado do que para ser dançado" (M3).

"Ruim, pois o frevo foi feito para dançar e o improviso complica" (M4).

"A orquestra Spok modernizou o frevo" (M5).

"Aos poucos, estão se acostumando com essa linguagem" (M7).

Esta visão só se observa nos grupos que ficam nos palcos montados no percurso. A visão da Spok Orquestra é muito boa para despertar nos músicos a necessidade do ensaio e a importância *para fixar, a música soar no grupo, observando dinâmica, articulação e fraseado.* (M8).

"Boa, porém às vezes acham uma estranheza" (M9).

"O estilo Spok frevo de tocar acho que é um espetáculo para apreciar musicalmente, não é para o folião, e sim para teatro, festivais, mostrando o frevo como música instrumental, tecnicamente falando" (M10).

"A liberdade de expressão da Spok é explorada mais nos períodos fora do Carnaval, sendo uma música para ser ouvida, nos poucos momentos desta liberdade no Carnaval, o público tem admirado o talento individual dos músicos" (M11).

"Para o folião que é músico, excelente; mas, para os apaixonados pelo Carnaval, para frevar, não se ligam no que estão ouvindo" (M12).

Como disse antes, sou a favor da modificação, da atualização dos novos ritmos. O folião atual, por incrível que pareça, ainda não conseguiu perceber, identificar essa modificação, pois a questão do marketing que se faz do Galo da Madrugada não tem o foco das orquestras como a Spok, Duda, Zé Menezes, Ademir Araújo, se muda o foco etc. O marketing do Galo é mais da agremiação do mundo que concentra mais de um milhão de foliões, mas não é o folião que sabe do que ele está do que ele está se divertindo; para ele tanto faz ser uma orquestra. Quem sobe nos trios é marketing, é para aparecer.

Quanto aos músicos, aquela magia acabou. Quando eu era criança e ouvia alguém dizer "Eu toco no Galo", eu morria de vontade, hoje ninguém quer tocar no Galo. Hoje as orquestras são formadas de quatro sopros, um alto, um tenor, um trompete e um trombone. (M13).

Para enfatizar essa questão sobre a improvisação, o que não é novidade para os músicos e estudiosos, Valdemar Pedra Rica, trombonista, ex-integrante da primeira orquestra formada para o desfile inaugural do Galo da Madrugada, conta um fato que prevalece até os dias atuais:

> *Isso foi uma história que aconteceu, pelo menos das histórias que eu ouvi [...]. Eu cheguei ainda a tocar com Felinho, ele estava com setenta anos aproximadamente. O ano em que eu toquei com ele foi o ano que ele ganhou o festival com o pessoal do Valdemar de Oliveira [...]. Então o que aconteceu, você sabe que no palco as orquestras se revezavam para tocar, e a que entra vai se arrumando no palco, enquanto tocavam o "Vassourinha", os músicos iam parando e tirando o instrumento da boca e a melodia tava se perdendo, aí Felinho começou a improvisar. O maestro Nelson Ferreira gostou e sugeriu a ele gravar essas coisas aí. Daí ele escreveu oito solos de "Vassourinhas", as famosas variações que ele gravou com cinquenta anos de idade. Essa gravação me parece que foi feita na rádio Tamandaré.*

Porém, verifica-se que, entre os próprios músicos, há opiniões diferentes sobre a prática da improvisação nas orquestras. O que mais chama atenção é quando o sujeito M13 expõe sobre a ausência de percepção e assimilação do folião nessas questões. Conforme Nettl (2006), discutido no capítulo 2, após a década de 50 do século passado, iniciou-se a preocupação por parte dos estudiosos em pesquisar as causas que provocam as inovações/modificações na sonoridade em paralelo às mudanças culturais, ou seja, como muda, o que muda, ou o que é mudado e ainda o que faz com que as pessoas mudem sua música.

Por fim, procuramos identificar se, devido ao grande número de foliões, o desfile fosse apresentado em dois dias, qual seria o impacto para o folião. Os músicos posicionaram-se conforme as seguintes respostas:

> *"Seria muito bom para Pernambuco, pois o frevo seria mais uma vez transmitido para o mundo e para o folião, mais frevo"* (M1).
> *"Com toda certeza seriam dois dias de muita gente nas ruas e o público gostaria"* (M2).
> *"Acho que o folião pernambucano gosta muito de Carnaval, logo a aceitação seria positiva"* (M3).
> *"O impacto seria de satisfação, pois o público espera um ano inteiro pelo Galo e ele só sai um dia"* (M4).
> *"Seria ótimo"* (M5).
> *"O mesmo que num só dia"* (M7).
> *"Para o público, claro que seria ótimo; para os músicos, excelente, por se tratar de aumento de trabalho para todos"* (M8).
> *"Não acho isso possível"* (M9).
> *"Acho que o Carnaval de Pernambuco [é] muito rico. Ultimamente acho que um dia basta, pois existem outras opções durante todo o Carnaval"* (M10).

> *"Perderia o encanto, uma vez que a marca do Galo é sua saída no sábado de zé-pereira, e as pessoas esperam este desfile o ano todo. Galo sem ser no sábado não seria Galo"* (M11).
>
> *"Seria uma decepção"* (M12).
>
> *Vou falar como folião. Eu acho que seria uma ótima ideia não só em dois dias, mas nos 365 dias do ano. Eu acho que o que falta em Pernambuco [...] eu sempre falo que o frevo precisa sair das quatro linhas, espalhar suas raízes, como, por exemplo, [n]a Bahia e outros estados mais próximos existe festa todo o ano. E ajudaria muito para o estado aparecer para o Brasil, e não apenas nos três dias de Carnaval.* (M13).

Percebe-se que não faria muita diferença a divisão em dois dias, pois a participação do folião e dos músicos seria praticamente a mesma.

A seguir, teceremos nossas considerações finais com algumas sugestões e recomendações para futuros trabalhos.

CONSIDERAÇÕES FINAIS

Diante do exposto neste livro, em que os objetivos propostos buscaram responder ao questionamento acerca de quais foram os fatores responsáveis pelas adaptações sonoras na orquestra de frevos, por meio de pesquisa bibliográfica, pesquisa de campo em suas modalidades de questionário e entrevista estruturada, podemos considerar que a aumento da quantidade de foliões que hoje acompanha o desfile do Galo da Madrugada associado ao aumento do trajeto foram os principais fatores que fizeram com que certas modificações fossem inseridas na orquestra de frevos.

O que se pode destacar, além desses fatores, é a mudança na formação básica dos naipes, pois, de acordo com as informações coletadas com os músicos que responderam ao questionário, essa formação hoje só se compõe de: um trompete, um trombone, um alto e um tenor. Nesse aspecto, para alguns músicos, houve uma questão social preocupante, que é a falta de empregos para eles no período carnavalesco. Outro destaque, do ponto de vista social, é a falta de interação do músico com o folião, interação essa bastante comum nos primeiros desfiles do clube.

As inovações técnicas vieram contribuir no sentido de poupar mais os músicos com relação ao aumento do trajeto; e aos foliões, com a ampliação da sonoridade, fazendo com que o frevo seja ouvido sem maiores esforços por parte dos instrumentistas.

Não se pode negar a presença marcante do bairro de São José no Carnaval recifense, no entanto, no que diz respeito à sua preservação, sugerimos que o bairro, a exemplo de Olinda, seja reconhecido como patrimônio histórico e cultural, que hoje sofre com a falta de estrutura para suportar os pesados trios e até a amplitude do som, que estremece as paredes dos antigos casarios. Não se trata aqui de excluir os trios elétricos dos desfiles do Galo, mas de se alterar o trajeto no sentido de preservação do bairro em benefício dos foliões, pernambucanos ou não.

O percurso sofreu alterações no decorrer dos anos, impossibilitando os músicos de desfilar pelas ruas do Recife num período superior a sete horas ininterruptas. A evolução técnica dos instrumentistas propiciou também aos compositores de frevo o uso de novas técnicas composicionais e a aplicação de outros estilos musicais, como o jazz, o baião e outros gêneros.

Recomendamos, para pesquisas futuras, que os arquivos históricos sejam mais bem conservados e divulgados, em vista da pouca literatura existente a respeito do Carnaval que abriga o maior clube de máscaras do mundo. Tais pesquisas poderão servir de base para que os responsáveis por sua conservação possam ter subsídios para justificar um projeto que precisa ser executado o mais breve possível, sob o risco de não mais existir nenhuma lembrança do bairro que anos atrás serviu de local para algumas famílias se reunirem com o objetivo de brincar o Carnaval.

REFERÊNCIAS

ALMEIDA, Luiz Sávio de; CABRAL, Otávio; ARAUJO, Zezito. **O negro e a construção do carnaval no Nordeste**. Maceió: UFAL, 1996.

AMORIM, Maria Alice; BENJAMIN, Roberto Emerson. **Carnaval**: cortejos e improvisos. Recife: Fundação de Cultura Cidade do Recife, 2002.

ARAÚJO, João; PEREIRA, Margarida; GOMES Maria José. **100 anos de frevo**: uma viagem nostálgica com os mestres das evocações carnavalescas. São Paulo: Baraúna, 2006.

ARAÚJO, Rita de Cássia Barbosa de. **Festas**: máscaras do tempo. Entrudo, mascarada e frevo no Carnaval do Recife. Recife: Fundação de Cultura da Cidade do Recife, 1996.

BARRETO, José Ricardo Paes; PEREIRA, Margarida Maria de Souza; GOMES, Maria Jose Pereira. **Dicionário dos compositores carnavalescos pernambucanos**. Recife: Cia. Pacífica, 2001.

BATISTA DA SILVA, José Denilson. **O carnaval do Recife**. 2007. Monografia (Licenciatura em Ciências Sociais) – UFPE, Recife, 2007.

BÉHAGUE, Gérard. Antecedentes dos caminhos da interdisciplinaridade na etnomusicologia. *In*: ENCONTRO NACIONAL DA ABET, 2., 2004, Salvador. *Anais* [...]. Etnomusicologia: lugares e caminhos, fronteiras e diálogos. Salvador: ABET; CNPq; Contexto, 2005. p. 39-47.

BENCK FILHO, Ayrton Müzel. **O frevo-de-rua no Recife**: características sócio--histórico-musicais e um esboço estilístico-interpretativo. 2008. Tese (Doutorado em Música) – UFBA, Salvador, 2008.

BLACKING, John. **How musical is man?** Seattle; London: University of Washington, 2000. Originalmente publicada em 1973.

BLACKING, John. **Music, culture, experience**: selected papers of John Blackin. Edition and introduction by Reginald Byron. Forword by Bruno Nettl. Chicago; London: University of Chicago, 1995.

BOAS, Franz. **Antropologia cultural**: textos selecionados. Apresentação e tradução de Celso Castro. 2. ed. Rio de Janeiro. Jorge Zahar, 2005.

CÂMARA, Renato Phaelante da. **100 anos de frevo**: catálogo discográfico. Recife: Editora de Pernambuco, 2007.

CASCUDO, Luís da Câmara. **Dicionário do folclore brasileiro**. Rio de Janeiro: Instituto Nacional do Livro, 1954.

CAVALCANTI, Carlos Bezerra. **O Recife e seus bairros**. Recife: Prefeitura Municipal do Recife, 1998.

CAVALCANTI, Carlos Bezerra. **Perfil municipal**: histórico e evolução urbana. Recife: Prefeitura Municipal do Recife, 1989.

COSTA, Francisco Augusto Pereira da. **Folclore pernambucano**. Recife: Fundação Joaquim Nabuco, 2004. Originalmente publicada em 1909.

DAMATTA, Roberto. **Carnavais, malandros e heróis**: para uma sociologia do dilema brasileiro. 6. ed. Rio de Janeiro: Rocco, 1997.

DJENDA, Maurice; KISLIUK, Michelle Grove. **Dictionary of music**. Oxford, UK: Oxford University, 2003.

DUARTE, Ruy. **História social do frevo**. Rio de Janeiro: Leitura, 1968.

EFEGÊ, Jota. **Maxixe**: a dança excomungada. Rio de Janeiro: Conquista, 1974.

ENTRUDO. *In*: INSTITUTO ANTÔNIO HOUAISS (IAH). **Houaiss eletrônico**. Rio de Janeiro: Objetiva: jun. 2009. Versão monousuário 3.0. Não paginada.

FOLIÃO. *In*: INSTITUTO ANTÔNIO HOUAISS (IAH). **Houaiss eletrônico**. Rio de Janeiro: Objetiva: jun. 2009. Versão monousuário 3.0. Não paginada.

FUNDAÇÃO JOAQUIM NABUCO. **Diário de Pernambuco**, Recife, ano 155, n. 47, fev. 1980, manchete da primeira página.

FUNDAÇÃO JOAQUIM NABUCO (FUNDAJ). Diretoria de Documentação. Núcleo de Digitalização. **Acervo digital**. Recife: FUNDAJ, c2008.

GALO DA MADRUGADA. São José, PE: Galo da Madrugada, c2008. Acervo.

GOMES FILHO, Mário. **História do Carnaval do Recife**. Recife: [*s. n.*], 1971.

GUERRA, Flávio. **Velhas igrejas e subúrbios históricos**. Recife: Prefeitura Municipal do Recife/Departamento de Documentação e Cultura, 1960.

HERNDON, Marcia. Analysis: the herding of sacred cows? **Ethnomusicology**, Chicago, v. 18, n. 2, p. 219-262, 1974.

JABOR, Arnaldo. Arnaldo Jabor. O Carnaval da verdade está nos anjos de cara suja. **Folha de S.Paulo**, São Paulo, 3 mar. 1998. Ilustrada. Não paginada.

LAKATOS, Eva Maria; MARCONI, Marina de Andrade. **Fundamentos de metodologia científica**. 3. ed. rev. e ampl. São Paulo: Atlas, 1991.

LIMA, Claudia. **Um sonho de folião**. Recife: Bagaço, 1996.

MATOS, Almícar Dória. **Bairro de São José**: um itinerário de saudade. Recife: Comunigraf; Prefeitura da Cidade do Recife, 1997.

MATTAR, Fauze Najib. **Pesquisa de marketing**. Edição compacta. São Paulo: Atlas, 1996.

MENEZES BASTOS, Rafael José de. **A musicológica kamayurá**: por uma antropologia da comunicação no Alto Xingu. 2. ed. Florianópolis: UFSC, 1999.

MERQUIOR, José Guilherme. **Saudades do Carnaval**: introdução à crise da cultura. Rio de Janeiro: Forense, 1972.

MERRIAM, Alan Parkhurst. **The anthropology of music**. Evanston: Northwestern University, 1964.

MICHAELIS: moderno dicionário da língua portuguesa. São Paulo: Melhoramentos. 2002.

MINAYO, Maria Cecília de Souza (org.). **Pesquisa social**: teoria, método e criatividade. Petrópolis: Vozes, 2001.

MINAYO, Maria Cecília de Souza. **O desafio do conhecimento**. 2. ed. São Paulo: Hucitec; ABRASCO, 2000.

MORAES, Eneida de. **História do Carnaval carioca**. Rio de Janeiro: Record, 1958.

MOTA, Sophia Karlla Almeida. **Frevo e identidade sociocultural pernambucana**: um estudo etnoterminológico. 2001. Dissertação (Mestrado em Letras e Linguística) – UFPE, Recife, 2001.

NETTL, Bruno. **Heartland excursions**: ethnomusicological reflections on schools of music. Urbana, IL: University of Illinois, 1995.

NETTL, Bruno. O estudo comparativo da mudança musical: estudos de caso de quatro culturas. **Revista AntHropológicas**, Recife, ano 10, v. 17, n. 1, p. 11-32, 2006.

NETTL, Bruno. **The study of musicology**: twenty-nine issues and concepts. Urbana, IL: University of Illinois, 1983.

NOVA, Júlio Vila. Disponível em: HUhttp://www.samba-choro.com.br/debates/1168572162UH. Acesso em: 5 jan. 2008.

OLIVEIRA, Waldemar de. **Frevo, capoeira e passo**. Recife: Editora de Pernambuco, 1971.

PEREIRA DA COSTA, Francisco Augusto. **Arredores do Recife**. 2. ed. Recife: Massangana; Fundação Joaquim Nabuco, 2001.

RABELLO, Evandro. **Memórias da folia**: o Carnaval do Recife pelos olhos da imprensa. Recife: FUNCULTURA, 2004.

RABELLO, Evandro. Osvaldo Almeida: O mulato boêmio que não criou a palavra frevo. **Diário de Pernambuco**, Recife, 11 fev. 1990. Caderno Viver, Secção B, p. 1.

REAL, Katarina. **O folclore no Carnaval do Recife**. 2. ed. aum. e atual. Recife: Massangana; Fundação Joaquim Nabuco, 1990. Originalmente publicada em 1967.

RECIFE. **Galeria de fotos do Recife**. Recife: Prefeitura Municipal, c2008. Disponível em: http://www.recife.pe.gov.br/cidade/projetos/fotosdorecife/index.html. Acesso em: 25 fev. 2008.

SANDRONI, Carlos. Dois sambas de 1930 e a constituição do gênero. **Cadernos do Colóquio [da] UniRio**, Rio de Janeiro, v. 4, n. 1, p. 8-21, 2001.

SILVA, Leonardo Dantas da (org.); MAGALHAES, Mauro. **Blocos carnavalescos do Recife**: origens e repertório. Recife: Governo do Estado de Pernambuco/ Secretaria do Trabalho, 1998.

SILVA, Leonardo Dantas da; SOUTO MAIOR, Mário. **Antologia do Carnaval de Recife**. Recife: Massangana; Fundação Joaquim Nabuco, 1991.

SOUZA, Ricardo Luiz de. Festa e cultura popular: a ruptura e a norma. **Revista AntHropológicas**, Recife, ano 9, v. 16, n. 2, p. 99-132, 2005.

TELES, José. **Do frevo ao manguebeat**. São Paulo: Ed. 24, 2000.

TINHORÃO, José Ramos. **Pequena história da música popular**: da modinha à lambada. 6. ed. rev. e aum. São Paulo: Art, 1991.

VILA NOVA, Júlio Cesar Fernandes. **Panorama de folião**: o Carnaval de Pernambuco na voz dos blocos líricos. Recife: Fundação de Cultura [da] Cidade do Recife, 2007. v. 1.